코로나와 함께한 시절

따뜻한 이불을 덮고 주무세요

김남극

김미소

김성규

김안녕

김창균

박봉희

박소란

송진권

이종형

천수호

따뜻한 이불을 덮고 주무세요

천변을 걷는 것이 다시 행복해졌습니다. 밤의 천변엔 이제 막 철쭉이 지고 노란 산괴불주머니가 흐드러졌습니다. 아카시 향기가 온몸을 휘감아 코끝에 와닿습니다. 마치 마법에 걸린 것처럼 향기를 추적하며 걷습니다. 향기를 쫓는 것이 얼마만의 일인지 아득한 감동에 휩싸입니다.

그런데 참 이상합니다. 천변을 산책하는 사람들은 여전히 마스크를 끼고 있습니다. 실외마스크 착용 의무가 완화된 지 10일이 지났지만 쉽게 마스크를 벗지 못합니다. 2년 4개월을 낀 습관의 힘도 있겠지만 타인과 서로 공기를 나누며 호흡하지 못하는 것도 이미 습관이 돼 버린 걸까요?

2022년 5월 13일 기준으로 코로나바이러스 감염 사망자가 23,606명이라고 합니다. 이 수치는 교통사고 사망자 수의 약 3배 정도로 추산되니 우리가 이토록 겁을 내고 있는 것도 당연한 일입니다. 더구나 유족은 시신을 보지도 못한 채 장례식을 치르기도 했으니 그 슬픔은 이루 말할 수 없었겠고요, 모두가 이런 죽음이 두려울 수밖에 없었던 거지요.

생전 듣지도 못했던 용어들이 연일 뉴스에 오르내렸습니다. 확진자·팬데믹·자가격리·밀접접촉자·일상접촉자·코호트격리·사회적 거리두기와 같은 낯선 용어들을 두려워했고, 집콕족·확찐자·마기꾼·코로난가와 같은 신조어로 웃음코드를 찾는 시간들을 보냈습니다. 또 한때는 얀센·

모더나·화이자·아스트라제네카라는 낯선 이름의 백신들을 검색하며 어떤 백신을 맞아야 더 안전할까 서로 눈치를 보는 시기도 있었습니다.

원래 집콕족이 많던 우리 시인들은 확찐자의 생활에 허덕이며 한밤중에 천변을 도는 일상으로 겨우 위로를 받곤 했습니다. 새 시집이 출간되어도 낭독회나 '독자와의 만남'과 같은 시간을 가질 수 없었고, 줌 카메라 앞에 앉아서 독자들과 소통할 수 있는 기회를 가진 작가는 그나마 운이 좋은 경우였습니다.

바깥공기를 자유롭게 호흡할 수 있는 때가 왔지만 변함없이 천변의 사람들은 서로를 의심합니다. 아직도 전철이나 버스나 영화관에서 입과 코를 틀어막고 묵묵히 혼자만의 시간을 견뎌야만 합니다. 우리는 여전히 불안합니다.

여기 그 불안의 시간들을 기록한 열 명의 작가들은 서울, 경기, 강원, 경상, 전라, 제주의 시인들입니다. 전국 각지에 흩어져 살아서 서로 일면식이 없는 경우도 있습니다만 시인들은 평생 겪어 보지 못한 역병의 시간을 시로 혹은 산문으로 엮었습니다. 이 역병으로 희생되신 분들 곁에서 그들의 사연을 가만가만 듣는 마음으로 쓴 글이라 한다면, 시인으로서 그동안의 무력감이 좀 지워지기라도 할까요. 아무튼 오늘은 바람이 좀 서늘하네요. 따뜻한 이불을 덮고 주무세요.

천수호

따뜻한 이불을 덮고 주무세요

천수호

김남극

시
배달 라이더처럼
산협
나머지 얼굴이 궁금하다
2020년, 한 해 동안
문자 메시지

산문
코로나-19와 함께한 산협 시절

강원도 봉평에서 태어나
2003년《유심》신인문학상을 수상하며 등단했다.
시집『하룻밤 돌배나무 아래서 잤다』,
『너무 멀리 왔다』가 있다.

배달 라이더처럼

지난 두 해 동안 나는 배달 라이더처럼 살았다
바이러스라면 유독 경기驚氣를 하는 식구들은
모든 걸 배달시켰다
나는 밥이며 국수며 심지어 삼겹살까지 주문하고 찾으
러 다니면서
수많은 배달 라이더와 마주쳤다
두꺼운 마스크와 검은 헬멧으로 얼굴을 가린 그 라이더
의 눈빛에는
지금 모두의 눈빛을 대신하듯
불안과 두려움, 분노와 어떤 초조가 섞여 있었다
잠시 교차하는 순간에도 전해지는 그 눈빛들

나도 그 배달 라이더처럼 두 해를 보내면서
점점 내 눈빛이 그들과 닮아 가고 있다는 걸
어느 날 거울을 보고 알았다

무서운 일이 벌어지고 있다는 건
분명했다

산협
―코로나19 예외지역에서

다섯 명 이상이면 밥도 못 먹는 세상이 되자
친구들은 허가가 필요 없는 공간에 모여
고기를 굽고 술을 따르고 세상을 욕하고
다섯 명 이상도 밥을 먹을 수 있다는 자부심에
서로를 칭송하면서
겨울을 났다

그럴 때마다 친구들은 꼭 내게 전화를 해서
양미리나 도루묵이 익어 가는 향기로 나를 유혹하거나
오랫동안 소식이 멈추었던 친구의 목소리를 앞세워
나를 그 무허가 공간으로 이끄는 것이었다

삼십 년이 넘도록 나를 감금한 공직公職이
늘 공직空職이 아닐까 생각하는 나는
소주를 한 박스 들고 친구들을 찾아가
살짝 말라 가며 구워지는 그 양미리와 도루묵에서 올라
오는
동해의 짭조름한 바다를 즐기는 것이었다

도시는 코로나 팬데믹으로 소통과 화해와 공생 같은
그런 긍정적 가치가 중단되었다지만

11

이 궁벽한 산협은 다르다고
처음으로 돌아가는 것이
자연으로 돌아가는 것이
이 엄중한 세상의 출구가 아닐까
취기에 가끔 발을 헛디디며
생각해 보는 것이었다

나머지 얼굴이 궁금하다

마주치는 아이들을
눈이 큰 아이
눈이 맑은 아이
눈이 의심스러운 아이
눈이 슬픈 아이
또는 눈에 분노가 비치는 아이로
구분하고 판단하고 기억하다 지나간 1년

가려진 나머지 얼굴이 궁금하다

2020년, 한 해 동안

역병이 창궐하던 해 봄
나는 교문에서 아이들을 기다리다 지쳐
뒷산 산책을 하거나
마가리 밭에서 일을 했다
두릅 순을 치고 눈개승마 모종을 심어도
저녁은 쉽게 오지 않았다

저녁이 올 때쯤이면
나는 뭔가 심어야 할 것 같은
뭔가 심고 키우고 다독여야 할 것 같은 생각에
뭘 좀 살려내야
그래야 내가 살 수 있을 것 같은 생각에
모종 가게를 기웃거렸다.

봄은 다행히 갔고
여름은 길었다
비는 기록적으로 오래 쏟아져
봄에 심은 모종들이 다 떠내려갔다

역병이 창궐하던 해 가을이 와도
아이들은 학교를 오지 않았다

문자 메시지

사람 사이에서 사는 게 어렵고
사람이 두렵고
사람에 치이고 사람에 상처받으니
그 상처가 흉터로 남는다는 걸 아는 데
많은 시간이 걸렸다

사람과 적당히 거리를 두고 선다
말도 조심스럽게 하고 악수도 청하지 않는다
그러니 두렵지 않고 상처도 받지 않는다
평화고 공존이다

적막 속에 앉아
어둠과 별빛과 뒤란의 스석거림을 생각하다가
쌓인 문자 메시지를 들춰 본다
참 많은 사람들이 비명처럼 소식을 전하고
참 많은 사람들이 오래 참은 말을
나에게 활자로 보낸다

활자는 상처를 덜 주지만
활자는 차고
활자는 두려운 무엇이 있어

답장이 써지지 않는다
그냥 읽고 지울 뿐

사람의 상처는 흉터를 남기지만
그 흉터가 곧 삶의 밑불이라는 걸 아는 데
여러 계절이 필요했나 보다

문자 메시지가 또 온 모양이다
이 궁벽한 산협까지 온 저 문자 메시지가
참 대견하다

해가 이르게 넘어간다

코로나-19와 함께한 산협 시절

이 궁벽한 산골 봉평에도 코로나 바이러스는 은밀하게 다가왔다. 축제는 취소되었고, 곳곳엔 발열 측정 장비가 설치되었고, 지역의 봉사 단체는 매주 시장 방역에 나섰다. 자주 들러 술잔을 나누던 가게는 일찍 문을 닫았고, 사람들은 보이지 않는 바이러스에 대한 두려움만큼 적당히 거리를 두고 만나고 헤어졌다.

봉평에 첫 확진자가 나오던 날. 초등학교엔 임시 선별검사소가 설치되었고 부모의 손을 잡은 어린이들이 두려운 표정으로 콧구멍을 내밀었다. 어떤 아이는 결연한 자세로 콧구멍을 내밀고는 자신감이 가득한 표정으로 귀가했고, 어떤 아이는 두려움에 울음을 터뜨렸다. 난감한 표정으로 아이를 달래는 부모나 용기가 넘치는 아이를 데리고 돌아서는 모두의 얼굴에서 두려움이 묻어났다.

문제는 그날 저녁 동네 커뮤니티에서 생겼다. 코로나 확진자는 한 가족 3명이었는데, 그 가장이 군청 공무원이었던 게 화근이었다. 직장 상사인 군수와 함께 지역 주민 행사에 참석하였다가 확진자와 접촉한 것이었다. 동네 커뮤니티에 설명이 거론되었고 공무원이 방역에 앞장서도 모자랄 판에 싸돌아다니다가 확진자가 되었다는 비난의 글이

여러 건 올라왔다. 결국 그 군청 공무원은 장문의 글을 올려 '죽을 죄를 졌습니다.'라는 사과를 하기에 이르렀다. 그의 초등학생 딸은 당분간 봉평을 떠나 생활하기로 했다는 소문이 들리기도 했다.

보이지 않는 바이러스가 보이지 않는 방법으로 불신을 퍼뜨리고 보이지 않는 공포 속으로 마을을 몰아넣은 며칠 동안 사람들은 외출을 삼갔고 학교는 문을 닫았다.

축제가 취소되었다. 20년 넘게 계속된 '효석문화제'가 코로나 감염 위험으로 2년 연속 문을 열지 못했다. 축제는 지역 상인들에게 생계 문제이니 위험하더라도 계속되어야 한다는 주장과 확진자가 발생하면 오히려 청정 이미지만 훼손되니 잠시 멈추는 것이 바람직하다는 주장이 맞섰다. 후자가 설득력을 얻으면서 지역 상경기는 침체되었다. 지역 메밀 먹거리 식당은 매출이 줄었고, 방역 물품을 준비하고 방문 기록 등록 장비를 갖추느라 비용은 더 발생했다. 유행처럼 생겨난 메밀 음식점 중 일부는 문을 닫았다.

이효석문학관 관람료 수입도 바닥을 쳤다. 연간 15만 명 정도의 유료 관람객은 3만 명 이하로 줄었고 판매장은 개점휴업 상태로 시간을 보냈다. 인건비 부담은 눈덩이처럼 불어났고, 재정은 바닥을 드러냈다. 책임이 큰 자리를 맡은 사람들이 빚을 내서 운영을 지속했지만 1년을 넘기지 못했다. 빚을 갚지 못한 책임을 진다며 자리에서 물러났지만, 후임자도 묘안이 없긴 매한가지였다. 정부 지원금만 쳐다보다가 시간이 흘렀다. 그 사이에 문학의 고장이란 이미지는 흐려지고 있었다.

　새로운 축제를 모색해야 한다는 주장이 등장하기도 했다. 과거처럼 사람만을 불러 모으면 성공적이라는 평가를 받는 시대는 지나갔다는 주장, 큰돈을 들인 공연 중심의 축제는 이제 효용이 다했다는 주장, 어느 한 영역을 즐기는 사람들을 위한 소규모 축제로 전문화되어야 한다는 주장, 그래서 코로나 이후 축제의 모델을 이제 스스로 만들어 가야 한다는 주장. 다양한 이야기가 오고 갔다. 하지만 눈앞에 등장한 새로운 축제는 아직 없었다. 대안을 마련하기엔 시간도 돈도 제도도 부족하기만 했다.

　낙관적으로 상황을 판단해 보기도 했다. 이젠 더 이상 구시대적 축제를 재현하지 않아도 된다는 안도감, 새로운 시도가 새로운 경쟁력이 될 것이라는 전망, 적어도 문화 예술 영역은 코로나 속에서도 굳건할 것이라는 자부심. 그런 것들을 믿으려고, 믿으려 노력하는 시간도 있었다. 불행 중 다행이란 게 이런 걸 말하는 게 아닐까 생각하면서.

　몇 달 동안 아이들이 학교를 오지 못하고 원격 수업이 길어지면서 무기력감에 빠져 지냈다. 어느 날 문득 이 무기력한 시간을 이렇게 보내면 안 되겠다는 생각이 들어 몇 년 전부터 기약하던 일을 시작했다. 이효석의 장편 『벽공무한』 교열본을 엮는 일이었다. 1940년 《매일신보》 영인본을 들여다보는 동안 시간은 훌쩍 흘렀다. 모르는 말을 찾아 풀이를 달고 문장 부호를 표기하고 외래어 표기법에 따라 옛말을 고치는 동안 여름이 지났다. 다 지나고 든 생각이긴 하지만, 활자를 들여다보는 시간이 어쩌면 나에겐 코로나의 상처를 치유하는 시간이었는지도 모를 일이었다. 그러니까 코로나가 내게 시간을 주었고, 나는 그 시간에 또 다른 무엇을 생산한 셈이다. 이게 좋게 말하면 극복일 것이다. 창조적으로 생활을 개조하는 것이 곧 출구 전략이 아닐는지.

아이들이 다시 등교하고 문학관이 문을 열고 메밀 음식점들도 또 다른 모습으로 손님을 맞이하기 시작했다. 친구들은 5인 이상 집합금지 명령이 내려지자 산골 비닐하우스에 모여 고기를 굽고 소주를 홀짝이며 세상의 칼날을 보기 좋게 피했다. 그리고 이 세계적인 바이러스 사태가 정리되면 동남아나 멀리 유럽까지 여행 갈 꿈을 꾸면서 계를 시작했다. 곗돈이 꽤나 모였다.

정부의 코로나 지원금 지급에 대한 논란은 3월 대선의 큰 이슈가 되고 있다. 이는 포퓰리즘이기도 하고 국가의 책무이기도 하다. 정부 방역 지침을 비판하고 거부하고, 백신 접종 강요를 전제주의적 사고라고 목소리를 키우는 사람들이 있는가 하면 정부 방침을 충실히 따르는 대수의 사람들이 있다. 무엇이 바른 선택인지 알기 어렵지만 분명한 건 이 코로나 팬데믹 사태는 결국 인간의 잘못된 욕망이 만들었다는 사실일 것이다. 안타까운 건 반성과 사죄가 없다는 것이다. 반성과 성찰이 없으면 이런 사태는 언제든 재현될 수 있다는 것이다.

자각이 필요한 시간이 흐르고 있다.

김미소

시

먹을 만큼 먹었고 잘 만큼 잤다
입수면기
날개는 슬픔을 간지럼힌다
혼자만의 길
가장 희미해진 사람

산문

짐이 되지 않기 위해 열심히 살아야겠다

충남 서산에서 태어나
2019년《시인수첩》신인상으로 등단했다.
2020년 서울문화재단 장애예술인 창작활성화
지원사업에 선정되었다.

먹을 만큼 먹었고 잘 만큼 잤다

불치병을 가지고 태어나 평생을 골골댔지
세비체 다이너 타말리 라클레트
죽기 전에 꼭 먹어 봐야 할 음식
처음부터 먹어 본 적 없으니 그리울 일도 없다

피자 치킨 탕수육 냉면 족발
그래, 먹을 만큼 먹었다
가서 좀 쉬지 그러니?
잠은 어차피 밤에도 자는걸요

영원한 잠에 대해 생각한다
적당히 행복하게 살다 가면 그만인 것을,
칼 한 자루 숨기고 살았나 보다
엄마의 심장을 찔렀나 보다

나를 왜 낳았느냐고 말하지 못하는
슬픔
구멍이 커지는지도 모르고
가슴을 쓸어내린다

칼이 아닌 총이었나?

걸음마다 재가 쏟아진다
마른 울음을 우는 걸까

가슴이 무너지는지도 모르고
등을 구부러뜨린 엄마는
덤덤하게 비질하며 항생제를 수거한다

입수면기 入睡眠期

　장례는 끝나 가는데 새의 발톱이 움직인 것 같다 헛것이었을까 어제는 베개에 얼굴을 기대고 울었다 축축한 꿈을 꾸는데 흉곽을 덮어 주는 사람이 없다 이불이 없는데 끌어당기는 시늉을 했다. 목마름을 축이는 밤, 탱탱 불어 터진 발 나는 발아래가 낭떠러지인지 강물인지 도무지 모른 채 발버둥 친다 창밖에 부딪힌 죽은 새도 이렇게 발끝을 오므렸겠지, 새들이 지저귀는 소문을 묶음처럼 듣는다 뼈를 닮은 나뭇가지의 무게, 발톱을 견디고 있는 걸까 불어나기 쉬운 눈발이 날린다 입속으로 영혼처럼 흩어지는 재, 소각장에서 낡고 구멍 난 애착 이불을 태웠었지, 난 이제 아이가 아닌데…… 끊어지지 않는 검은 연기 벗어날 수 없는 악몽은 결속일까 내일이 없는 새의 흐린 동공을 바라보았지, 아아 장례는 아직 끝나지 않았는데, 기도를 묶음처럼 듣는 신이 있을까 낙엽이 새의 관 속으로 미끄러진다 아아, 저 나무도 날개를 잃는데, 나는 꿈에서 기도하는 법을 잊었다 아직 착지하는 법을 배운 적 없는데, 아아 두려운 비행 미완성의 무릎을 껴안는다 발톱은 돌처럼 단단해진다 움켜쥐는 법을 먼저 배웠을까 겨울, 주머니가 없는 손, 얼어붙은 손을 불어 주던 엄마, 눈송이처럼 날아가 버린 사랑, 머리카락이 한 올 한 올 얼어붙는다

날개는 슬픔을 간지럽힌다

다정한 사람이 되고 싶어 다정하게 울었다
문고리가 없는 방,
거친 숨을 몰아쉬는 어깨를 들키지 않도록
문이 아닌 벽이라면 고립 아닌 은신
할머니 손에 자란 동생과
왜 차별받는지 이해하지 못해서
진물이 흐를 때까지 붉은
얼굴을 손톱으로 박박 긁는다
이대로 방치되고 싶은데
구멍 사이를 훔쳐보는 검은 눈빛은 소름 같은 것
소름은 벌레를 바라보는 적의 같은 것
털어내 버리고 싶은 감정
벌레를 향해 살충제를 뿌리면 어둠
가장 깊고 따듯한 곳으로 추락하는 날개
(나도 같이 마셔 버렸나?)
입김 사이로 눈앞이 흐려지는
물안개의 꿈을 꾸고 있나
죽은 것들을 외면하는 생生
이불을 끌어당기면 얼룩은 반복되고
등에 눌어붙은 날개는 슬픔을 간지럽힌다

혼자만의 길

사람과 사람 사이를 빠져나와
어둠 속으로 얼굴을 은닉한다
나는 무거워진 사람 무서움의 진화일까

혼자 있는 방이 더는 가볍지 않아
밤이 되면 벽에 걸린 옷이 유령 같았다
눈이 없는 유령, 눈을 찾는 유령
나는 이미 한쪽 눈을 잃었으니
지퍼를 열면 더 깊은 슬픔의 포자가 날아와
눈앞을 흐리게 하는 겨울을 생각한다

아름다운 눈발은 멀리 있구나

엄마의 멀어지는 발자국이 보이지 않아
닦이지 않는 시간을 향해
오래도록 주머니를 움켜쥐고 서성였던

잃고 나면 아름다운 것들

나의 새벽은
나침판이 되어 사랑을 헤매는 것

북쪽은 혼자만의 길이었을까

염소 떼가 사라지고

우는 소리만 우는 사람을 피해 돌아왔다

가장 희미해진 사람

1

엎질러진 사람의 붉은 윤곽, 페트병을 열면 공중으로 솟아나는 병뚜껑의 악력, 방치된 소변을 흘려보내고 허무처럼 투명해진 빈 병과 불투명한 병명, 오래 바라보았을 벽을 생각한다 벽은 불러 보고 싶은 이름일까 회한回翰일까 창은 바라보기 위한 도구가 아닌 걸까 번개탄을 태우고 잠에서 깰까 칼 한 자루를 옆구리에 놓아두었던 당신, 육체를 해체시키면 고립은 오래도록 녹아내린다 환상통은 지속되고 식도는 관棺이 되어 벌레를 받아들인다 어둠을 밀어내며 벌레는 무럭무럭 자란다 슬픈 부위를 갉아 먹고 한사람의 얼굴을 지운다

2

나는 괜찮습니다 흐린 날의 바깥을 상상하는 것이 좋습니다 비의 발걸음이 분주해지기 때문입니다 모래 위에 꾹 눌러 쓴 이름이 흩어지던 것을 기억합니다 바닥이 씻겨 내려갈 때 우리가 묻어 둔 조개껍데기의 무늬가 선연합니다 빗속에서 꺼억꺼억 울었습니다 비를 껴안으며 잊히는 사람의 얼굴을 깨진 거울처럼 맞추어 봅니다 틈이 많아지면 운동을 멈춘 사람 같습니다 뼈의 공백은 채울 수 없는 무덤, 사람의 부재가 그렇습니다 손이 닿지 않아 커튼을 치지 못

했습니다 무기력한 목덜미에 햇살이 내려앉았습니다 오래도록 열기를 느꼈습니다 우는 장면이 들키지 않도록 얼굴이 녹아내리는 꿈을 꾸었습니다 가장 희미해진 사람에게 오래도록이라는 말이 더는 슬프지 않았으면 좋겠습니다

짐이 되지 않기 위해 열심히 살아야겠다

고열에 시달렸다. 2년 넘게 집에서만 지냈기에 설마 코로나에 걸렸으리라고는 생각도 하지 못했다. 남편은 검사 받아 봐야 한다고 했고 나는 절대 코로나 아니라고 검사해서 음성이면 이혼이라고 소리 질렀다. 아픈 것도 서러운데 설마 하는 불안감이 엄습했다. 기침이 심해지고 약을 먹어도 열이 내리지 않았다. 결국, 밤늦게 남편이 일하는 병원에서 코로나 검사키트를 가져왔다. 코를 찌를지 입을 찌를지 묻는데 코 깊숙이 들어간 면봉 때문에 코피가 쏟아지고 뇌척수액이 흘러나왔다는 뉴스 기사가 떠올랐다. 코를 내줬다가 틀어막고 다시 입을 내줬다가 입을 닫았다. 찌르는 사람도 찔리는 사람도 공포였다. 입안으로 면봉을 깊숙이 넣었다. 얼마 뒤 빨간색 두 줄이 떴다. 양성이었다. 남편도 나도 할 말을 잃었다. 이미 늦었을지도 모른다는 생각이 스쳤다. 이불을 챙겨 작은방으로 잠자리를 옮겼다. 밤새 기침이 더 심해지고 가래가 들끓었다.

가족들과 친구는 집에서만 지내던 내가 코로나에 걸린 게 의문이라며 분명 배달 기사에게 옮은 것이라고 했다. 나도 대체 어디서 걸렸는지 모르겠다고 했다. 거짓말하는 게 마음에 걸렸지만 어쩔 수 없었다. 몇 개월 만에 친구를 만나 식당에서 술을 마셨다. 그날 새벽 집으로 돌아와서 극심한 두통을 겪었다. 술을 많이 마신 탓이라고 생각했다. 친구에게 연락해서 혹시 코로나 증상은 없는지 물었다. 메시지를 읽었지만 한참 동안 답이 없었다. 초조했다. 검사를 해 봤는데 희미하게 두 줄이 떴다면서 양성이라고 했다. 미리 말하지 않아서 미안하다고 했다. 나는 너무 놀랐는데 화를 낼 수도 없었다. 어디서 코로나에 걸린 건지 정확히 알 수는 없는 일이다. 미리 알았더라면 더 빨리 격리했을 텐데, 남편은 삼일째 되던 날 신속항원검사에서 양성이 나왔다. 친구는 자기가 죄인이라고 하고 나는 남편에게 죄인이 된 것 같았다. 그동안의 노력이 물거품이 된 것 같아 억울해서 눈물이 났다. 코로나에 절대 걸리지 않을 거라 자부했는데, 아무도 탓할 수 없었다. 끝나지 않을 것만 같던, 남 일이라고 생각했던 코로나를 결국 마주하게 된 것이다. 기침이 심해 밤새 잠을 못 잤다. 피가 섞인 가래가 나왔고 미각이 상실됐다. 전신에 근육통도 심했다. 허리 통증이 생겨 제대로 눕지도 서지도 못하는 상태로 가슴이 답답하고 숨이 막혔다. 식은땀이 계속 났다.

오미크론은 그냥 감기라더니, 절대 그냥 감기가 아니다.

간단히 먹을 수 있는 바나나와 죽 종류, 생필품을 마트 앱으로 배달시켰다. 남편은 안방에서 나는 작은방에서 격리했다. 화장실은 같이 쓰지만, 마스크를 착용했다. 서로 할 말이 있으면 전화나 문자를 이용했다. 왜 일가족이 모두 코로나에 걸리는지 알 것도 같았다. 공유해야 하는 공간이 있으니 완전한 격리는 아니다. 7일의 격리를 끝내고 격리 해제 문자를 받았지만 끝난 게 아니었다. 한 달이 다 되도록 미각이 완전히 돌아오지 않았고 피로감과 우울감이 계속됐다. 허리 통증은 더 심해지더니 몸이 완전히 틀어져서 제대로 걸을 수도 없게 되었다.

통증과에 다니면서 주사와 물리치료를 병행했다. 옆에 앉은 할아버지가 기침을 심하게 하셨는데 나도 모르게 멀찌감치 앉았다. 불안한 눈빛들이 오갔다. 코로나에 재감염된다는 말이 떠올랐다. 내과를 가니 갑상선에 혹이 생겼다고 한다. 신경정신과에서 뇌파검사를 받았는데 아무것도 나오지 않았다. 그게 더 이상했다. 코로나 후유증 검사를 해도 이상이 없다고 나온다는 사람도 있던데 그런 건가 하는 생각이 들었다. 그렇다면 정말 지독하지 않은가. 우울감과 식욕감퇴. 눈시울이 계속 붉어지고 이따금 무기력하거나 극단적인 생각도 들었다. 평소 먹는 걸 좋아하는데도 식욕이 돌지 않으니 맛있는 음식을 앞에 두고도 먹고 싶은 생각이 들지 않는 것이다.

아프니까 서러워 부모님이 더 생각났다. 격리 해제 후 엄마랑 통화하면서 집에 가고 싶다고 하니 코로나 퍼뜨리면 큰일 난다고 오지 말라고 했다. 그래도 지금 아니면 언제 또 뵐까 싶었다. 일주일이 지나고 순천에서 기차를 타고 2시간 30분 정도 걸려 서대전역에 도착해 다시 버스를 타고 서산으로 갔다. 오후 늦게 도착해 저녁으로 콩나물, 두부, 김치를 넣고 칼칼한 김칫국을 끓였는데 도저히 간을 볼 수가 없었다. 안 되겠다 싶어 찬장을 뒤지다가 고향의 맛을 찾아냈다. 엄마들의 맛있는 요리 비결은 다시다라고 들은 것 같은데. 아빠한테 간을 봐 달라 했는데 엄마는 항상 간을 짜게 하니 심심하게 먹는 것도 괜찮다고 하신다. 심심한 것인지 맛없는 것인지 알 수 없는 국을 참 맛있게 드셨다. 일주일 정도 지나니 미각이 조금 돌아왔다. 다시 끓인 김칫국이 참 시원했다. 입맛이 도니 살 것 같았다. 엄마는 몸에 아직도 바이러스가 남아 있을 거라며 내 앞에서 마스크를 벗지 않았다.

자식들이 떠나고 부모님만 남아계신 곳. 도비산에 조상 대대로 터를 잡고 산 지 오래되었다. 아빠는 수선화 모종을 곳곳에 심으셨다. 며칠 있다 보니 날이 풀리고 수선화가 활짝 피었다. 따스한 봄날에 잘 어울렸다. 엄마는 봄이면 다른 산으로 고사리를 뜯으러 다니셨는데 이제 나이가 드셔 산에 고사리를 분양받았다. 엄마 혼자 일하시는데 모른 척할 수 없어 아픈 몸을 이끌고 고사리, 머위, 둥굴레 잎, 오가피 잎을 같이 땄다. 전날 나 혼자 머위를 따는데 고사리가 자란 걸 발견했었다. 아직 꺾을 때가 되지 않았나 보다 하고 지나쳤는데 엄마가 고사리가 언제부터 이렇게 자랐는지 모르겠다고 했다. 어제 고사리를 봤는데 딸까 말까 하다 그냥 뒀다고 하니 엄마가 왜 말을 안 했느냐고 황당해하셨다. 고사리는 비가 내린 뒤엔 더 빨리 자란다고 한다. 고사리를 분양

받은 곳은 경사가 가파른 곳에 있는데 내 몸 하나 지탱하기도 힘들었다. 엄마가 계속 가라고 위험하다며 굴러떨어진다고 했다. 신발이 자꾸 젖은 흙에 밀려났다. 엄마는 막 자라고 있는 고사리는 밟지 않도록 조심하라고 했다. 거구의 몸으로 밟으면 고사리가 즉사할지도 모른다. 산 아래로 내려가면서 오가피 잎을 따는데 엄마가 너 잘 보이니? 하신다. 변색 안경을 쓰고 있었는데 안경이 검게 보여 앞이 잘 안 보이는 줄 아셨나 보다. 숨이 차고 옷이 땀에 젖었다. 흙비가 조금씩 내리고 있었다. 일을 마치고 방에 들어가 쉬려는데 등과 허리에 극심한 통증이 느껴졌다.

아빠가 안마기 한번 써 보라며 방으로 오라고 했다. 아빠 방에 가 보니 못 보던 안마기가 있다. 안마기에 앉았다. 허리에 손만 대도 아프니 제일 약한 세기로 부탁했다. 발바닥 아래로 안마 볼이 굴러가는데 너무 간지러워 까르르 웃음이 났다. 목 어깨로 시작해 등을 타고 엉덩이까지 전신을 안마하는데 허리와 엉덩이로 안마 볼이 지나가는 순간 미친 듯이 소리를 질렀다. 그러다 실성한 듯 웃다가 다시 소리 지르기를 반복했다. 나는 종종 내 웃음소리가 재밌어서 웃음이 터져 나올 때가 있다. 나중에 안 사실이지만 약한 세기가 아니라 제일 강한 세기였다. 신기한 건 등을 두드려 주니 가래가 퍽 하고 쏟아지는 것이다. 며칠 동안 안마기를 열심히 했는데 엄청난 가래를 뱉어 냈다. 기침이 호전되고 있었다.

여전한 식욕감퇴 때문에 집에 먹을 것이 넘쳐나는데도 먹질 않으니 버리는 것이 더 많았다. 생각해 보니 평소에 다 먹었다고 생각하면 과식이 분명하다. 아빠는 계속 빵과 아이스크림을 먹으라고 들이밀고 엄마는 과일을 먹으라고 하는데 영 입맛이 돌지 않았다. 밥을 먹는데도 밥 양이 현저히 줄었다. 한 그릇에서 네다섯 수저쯤 되어 보이는 양으로 줄었으니, 엄마는 예전에 밥 조금만 먹으라고 하면 내가 몰래 밥그릇 가장 밑바닥부터 밥을 꾹꾹 눌러 담았다고 했다. 나도 기억났다. 다 알고 계셨구나. 식욕감퇴가 오고 나니 이젠 더 먹으라고 하신다. 예전엔 죽기 전에 세상에 있는 맛있는 음식을 모두 먹으리라 생각했었다. 그런데 아빠가 피자를 사 준다고 해도 거절하는 나 자신이 낯설다. 피자 치킨 탕수육 닭발 내가 좋아했던 것들, 그래 먹을 만큼 먹었다. 참 많이도 먹었다. 이제 떠나도 여한이 없을 것 같다는 생각마저 들었다. 우울증이 확실했다. 코로나 이후로 우울감이 심해졌다. 아픈 말을 엄마 앞에서 했다. 시도 때도 없이 눈물이 났다. 날이 갈수록 허리가 틀어지기 시작했다. 아프고 입맛도 없으니 더 우울했다. 결국, 걸음을 제대로 못 걸을 정도로 몸이 많이 틀어졌다. 억울함에 또 울컥 눈물이 쏟아져 내렸다. 엄마는 다른 것은 바라지 않으니 건강에만 신경 쓰라고 했다. 부모님 그늘에서 그래도 행복하게 살았다. 나이 드신 모습을 보니 서글프다. 짐이 되지 않기 위해 열심히 살아야겠다는 생각이 든다.

내가 아무리 조심한다고 해도 피해 갈 수 없었던 코로

나. 예전에는 딴 세상 이야기 같았다. 이제야 현실과 가까워
진 것 같다. 눈에 보이지 않던 것들이 보인다.

김성규

충북 옥천에서 태어나
2004년 동아일보 신춘문예로 등단했다.
시집『너는 잘못 날아왔다』,
『천국은 언제쯤 망가진 자들을 수거해가나』,
『자살충』이 있다.

의료보험카드

내 몸엔 병균이 있어요 그것은 떠돌아다니던 것들을 집어삼키고 몸에 가두었기 때문이죠 읍내로 나가면 공장이 있어요 그 공장에서 사람들은 줄지어 일했죠 김치공장의 컨베이어 벨트 위로 배추들이 올려지고 소금물에 절은 배추를 씻어내느라 허리를 펴지 못했어요

전염병이 퍼지고 작년 여름에 공장은 문을 닫았어요 전날까지 아무도 우리에게 얘기해 주지 않았어요 공장 앞에서 우리는 발걸음을 돌려 집까지 걸어왔어요 방역차들은 밤낮으로 사이렌을 울리며 달려가요

옆집에서 또 한 사람이 실려 갔어요 단지 운이 나쁜 사람이라고 말하죠 사실은 우리가 더 운이 나쁜지도 몰라요 살아서 죽은 사람들을 떠나보내야 하니까요 때론 그 사람이 자기 자식일 수도 있어요

하얀 배추를 상자에 담을 때 가끔 그것이 우리 몸이랑 비슷하다는 생각을 해요 죽은 몸이 저기 배추 포기처럼 담기겠구나 죽은 사람들 떠나보낼 때 우린 울 수가 없어요 이웃집 사람들이 알면 손가락질을 할 수도 있죠

우편함에 건강보험이나 진료를 받으라는 우편물이 가끔 와요 뜯어 보기도 하지만 그냥 버릴 때가 많아요 사실 열어 보고 싶지 않아요 다른 사람 마음을 열어 보는 것 같아 보고 나서도 마음이 찜찜해요

집에 있던 개가 집을 나가 동상에 걸려 돌아온 적이 있어요 그렇게 겨울 동안 배추를 씻으며 동상에 걸린 여자들은 집에 가서 아무에게도 얘기하지 않아요 아픈 것은 창피하다고 생각해요 우리가 가진 것이라곤 병과 남은 근심들뿐이에요 그것들 때문에 그나마 우리 가족들이 건강하다고 믿어요

할머니

전염병에 퍼졌을 때 누가 가장 먼저 울었나요

누구의 자식들이 가장 아팠나요

누가 가장 먼저 싸웠나요

그리고 누가 가장 먼저 일어났나요

흰 무덤

병균처럼 흰 눈이 내리고 노인들은 마루에 앉아 바라본다 마당에 내리는 눈을 밟고 강아지가 뛰어다닌다 발자국이 남고 그 위로 다시 눈이 쌓인다

어린아이가 마당을 뛰어다닌다 죽은 남편도 나뭇짐을 지고 걸어와 담벼락 옆에 내려놓는다 마당 한쪽 양은솥이 끓고 있다

솥에서 흰 김이 무덤처럼 피어오르고 금방 사라진다 젊은 아낙은 나무주걱으로 솥을 휘휘 젓는다 수많은 이름이 솥에서 끓어올라 김을 타고 하늘로 올라간다

웃음소리가 들린다 여기가 어디일까 노인들은 마루에 앉아 마당을 뛰어다니는 강아지와 어린아이와 죽은 남편에게 잔소리를 한다

어린아이는 장갑을 끼고 죽은 남편은 양은솥에서 퍼 올린 국을 마시고 젊은 아낙은 아이를 데리고 마루에 걸터앉는다

무더기무더기 하늘로 올라가던 김이 다시 지붕으로 쏟

아진다 마을은 희고 거대한 공동묘지로 변한다

선물 1

우리는 쏜다
누가 맞지 않아도 좋다
사람은 누구나 전염자

웃음이 전파되듯
우리는 쏜다

구름이 전파되듯
그리고 계승된다
피와 피를, 땀과 눈물을

통과되는 순간
깨달음은 온다

무릎을 꿇고
경배를 올리는 시간

누군가 웃어야
새날이 시작된다

선물2

하늘에서 눈이 내렸어요
이 감정을 누구에게 줘야 할까요

귤꽃이 바다를 건너 날아와요
이 향기를 누구와 맡아야 할까요

몸이 아파 누워
물을 찾고 있어요

이 상처를
누구에게 건넬까요

통장에 들어온 돈
이제 어느 곳에 쓸까요

다시 아픈 감정을 느껴 보려
걸어가다 일부러 넘어집니다

나에게 선물을 줍니다

마을회관
—시골 할머니들 인터뷰

코로나가 생기면서 시골 마을회관에 사람들이 들어갈 수 없도록 이장이 자물쇠로 문을 걸어 잠갔다고 한다. 한동안 마을 노인들은 종일 집에서 텔레비전을 본다. 농사철에는 일하느라 바쁘지만, 겨울이나 장마철에는 갈 곳이 없다.

갈 곳이 없어 심심해진 노인들은 모여서 놀 곳을 찾는다. 주변 사람들의 눈을 피해 동네 어느 아주머니 집에 몰래 모이기도 한다. 그 집에 모여서 마스크를 쓰고 화투를 친다. 바둑알을 돈 대신 사용한다. 민화투로 바둑알을 잃거나 딸 때 눈빛이 달라진다. 화투가 끝나면 다시 바둑알을 모아 통에 집어넣고 다음 날 다시 사용한다. 어차피 자기 재산이 될 것은 아니지만 화투를 치다 싸우고 의가 상하는 경우가 많다.

마을에서 화투를 잘 치는 사람은 영민네 할머니다. 그분은 마을에서 제일 연장자이고 나이도 아흔셋이나 되었다. 팔십쯤 밭에서 일하다 독사에게 물린 적이 있는데 병원에 가지 않아 팔이 퉁퉁 부었을 때쯤 아들이 보고 병원으로 달려간 적이 있다. 한참 후에 만난 할머니는 자기가 용띠라 뱀에게 물린 정도는 괜찮다고 말했다. 그 외에 기철네 엄마 복현네, 준호네, 고모, 연산네, 현보네 등이 같이 화투를 친다.

영민네 할머니가 잘 따고 나머지는 실력이 비슷하다. 삼호네 엄마와 칠현네 엄마는 화투를 싫어해서 화투 치는 것만 보면 징그럽고 보기 싫다고 회관에 오지 않는다. 칠현네 엄마와 영민네 할머니가 친척이다. 칠현네 엄마의 시어머니가 영민네 엄마의 어머니이다. 칠현네 아버지가 영민네 할머니가 누나이고 마을에 몇십 미터 안 되는 곳에 살았다. 칠현네 엄마의 시어머니는 아흔을 넘게 살았고 거의 백 살이 되어서 돌아가셨다. 돌아가시는 날까지 칠십이 넘은 딸네 집(영민네 할머니 집)에 와서 빨래도 해 주고 불도 때 주고 잔소리도 한 자루씩 하고 가셨다. 칠십 넘은 할머니는 아흔 넘은 할머니와 잔소리하지 말라고 티격태격하면서 지내는 모습을 보니 나이가 들어도 딸과 엄마는 친구 같기도 하고 젊으나 늙으나 변하지 않는 모습이 너무 우스웠다.

요즘 마을회관은 한 시에서부터 다섯 시까지 문을 열어 준다. 코로나 백신 3차까지 맞은 사람만 회관에 모인다. 얼마 전까지는 회관 문을 잠그면 다른 집에 가서 모이곤 했다. 여름에는 농사짓고 겨울에는 몰래 모이고, 그것도 보건소 소장 몰래 모여야 한다. 보건소 소장이 코로나 예방 교육도 하고 모이면 안 된다고 여러 번 강조하기 때문이다. 시골 사람들은 제복 입은 사람들의 말이라면 무조건 들어야 한다고 생각한다.

동네 할머니들은 여름에 점심 먹고 나서 뜨거울 때 길 옆 정자나무 밑에 모인다. 비가 오면 정자나무 옆 원두막에 비닐을 치고 쏟아지는 비바람을 막는다. 동네 이장이었던 명용이 형이 비닐을 치다 다쳤다고 한다. 쇠톱을 사용하다 허벅지를 다쳐서 병원에 꿰맸는데 동네 돈으로 치료비를 주었다고 한다. 마을에 젊은 사람이 없어서 명용이 형이 환갑이 넘었는데 그 정도면 젊은이 축에 속하기 때문에 대부분 일을 도맡아서 한다. 그 이야기를 어떻게 들었는데 보건소장이 알고 공기도 안 들어가게 비닐 치면 어쩌느냐 해서, 동네 아줌마들이 낫으로 비닐을 깎았다고 한다. 노인들 혈압 재고 주사 놓다 이야기를 들었을 것이다.

남자들은 회관에 가지 않는다. 가더라도 각방을 쓰는데 언젠가부터 마을 할머니들만 회관에 모이게 되었다. 회관에서 코로나 이후 목욕을 하지 않는다. 옛날에는 목욕탕이 회관에 있고 목욕탕 안에는 커다란 사각형 욕조도 있었는데 벽돌로 지은 욕조가 너무 커서 동네 할머니들은 다라에 물을 받아서 목욕한다. 바가지로 다라의 물을 퍼서 씻는다. 누가 돈을 내는 것은 아니지만 시골에서 워낙 아끼며 살아온 사람들이라 물 아까워서, 기름 아까워서 전부 아끼며 사용한다.

회관은 태양광과 심야 보일러를 사용한다. 목욕은 주로 낮에 하는데 자주 하는 사람은 3일 아니면 1주일에 한 번씩 하기 때문에 시골 노인들에게 회관에 문을 닫는다는 것은 공공시설이 문을 닫는 것과 같다. 회관 가까운 곳에 사는 사람은 회관에서 머리 감고 따듯한 물을 퍼 가는 사람도 있고 빨래까지 해 가는 사람들이 있는데 동네 사람들이 그 일로 흉을 보기도 한다.

겨울 김장철에 마을에 사는 아저씨 집이 김장을 했는데 김장 끝나고 오랜만에 회를 대접했다고 한다. 내륙에 사는 시골 사람들에게 회는 특별한 음식이다. 치킨이나 피자 등

읍내에서 멀리 떨어진 동네에 사는 사람들에게는 모든 사 먹는 음식은 특별하지만, 회는 더 특별한 음식이다. 포항에 서 공수해 온 회라고 한다.

모두들 마스크 쓰고 모자 쓰고 김장을 한다. 코로나 안 걸렸을 때는 마스크를 쓰지 않고 김장을 했는데 그러다 보 면 말하다 침이 튀고 비위생적이었는데 코로나 이후로 시 골에서도 김장할 때 마스크도 쓰고 모자도 쓰고 말을 삼가 는 모습이 새로운 풍경이다. 올해 김장에 쓰는 위생 모자는 동네 선옥이 엄마가 사 와서 마을 아줌마들이 좋아서 같이 쓰고 김장을 했다고 한다.

코로나가 끝나야 동네 할머니들이 다시 마을회관에 모 여 화투도 치고 목욕도 할 텐데, 숨어서 모여 있다 보건소 소장한테 혼날까 걱정 안 해도 되고, 서로 웃고 떠들며 외로 움도 털어낼 수 있을 텐데. 그런 시간이 빨리 왔으면 좋겠 다.

김안녕

경북 고령에서 태어나
2000년 《실천문학》 신인상으로 등단했다.
시집 『불량 젤리』, 『우리는 매일 헤어지는 중입니다』,
『사랑의 근력』이 있다.

대전발 영시 오십분을 기다리는 사람처럼

엄마는 평생 달걀 한 꾸러미를 들고 걸었다
누가 멀리서 봤다면 아기라도 안은 줄 알았을 텐데

용산역 안 그는 휴대폰을 들고 뛰었다
바통을 쥔 것처럼 절박해 보였다
힘내세요, 라고 말했다면 좋았을까

머리통만 한 수박을 안고 가는 사람
머리통만 한 수박을 팔러 가는 사람
중얼거림을 들고 가는 사람
제 입을 버리고 걸어가는 사람
마스크가 제 얼굴이 된 사람
구름을 쓰고 가는 사람
고양이 걸음을 흉내 내며 가는 사람

끝내 사람이길 포기하고 걷는 사람

기차를 타러 나왔는데 행선지가 생각나지 않아
가만히 기다린다

대합실은 소란과 고요를 반복한다

이럴 때엔 헛기침이 소용 있다

지금 몇 시더라,
시계가 없는데도 손목을 들여다보며
올 사람이 없는데도 이쪽저쪽을 돌아보며

돌아갈 곳 있는 사람*처럼
행선지를 떠올린다

*김명기 시집 제목『돌아갈 곳 없는 사람처럼 서 있었다』를 변용.

눈

희디흰 타이레놀을 절구에 빻아
세계의 공중으로 휘어이 휘이

울음을 그칠 수 없으므로
겨울, 인간의 길은 미끄럽고

끝 간 데 없으므로
신이 할 수 있는 단 하나의 극약 처방

모래와 미래

그것은 눈 속에 있었다
눈을 뜨기 힘들었다
아프리카 코끼리가 어깨를 짓누르는 기분
어깨가 좀 익숙해질라치면 수십 톤 날파리가 밤을 휘젓
는다

그것을 훔쳐 쌀을 사고 기름을 땠다
모래 주머니를 달고 달리는 마라토너처럼
그래도 달려, 달려야 했다

그것은 어디에나 흔했는데
놀이터에도 강변에도 흔해 빠진 게 모래였는데
옆집은 그걸로 밥을 지어 먹고
우리 집은 그것 때문에 잠을 이룰 수가 없고
어느 날엔 그것이 입속에서 종일 버석거리는 사태가 벌
어졌다

모래를 지어야 해
모래를 더 많이 날라야 해
입자 고운 모래를 별처럼 반짝거리는 모래를 모래를!
모래 아니면 죽음을 달라!

모래는 영원하니까 모래는 희망이니까

드디어 영영 눈을 못 뜨게 된 나의 기일
매트리스 같은 모래 위에 이제야 마음 놓고 누워 보는구
나

배를 가르면
피보다 진하고 물보다 무거운
모래가 모래가

소요산행 1호선

오렌지 하나가 하늘에서 툭 떨어져 석양이 내린다

불가능했던 모든 순간들을 떠올리는 가능역

오렌지색 불빛을 단 집들
오렌지색 얼굴로 전화를 거는 사람들
상한 오렌지에 마음이 상한 당신과
하염없이 지상을 달리는 전차

사랑이 가능해지는 시간은 언제인가
받지 않는 전화기 너머로도
핑크뮬리 놓인 들판과 황국 수놓인 호숫길은 펼쳐져 있
을 텐데

사랑이 불가능해질 것을 예감하고서도 다정은 사라지
지 않는다
다정도 병이야, 내 입으로 그러면서
내 발등을 내가 찍으면서

가능역에는 또 무엇이 있나
우리가 마땅히 갖추어야 할 것들

몸이라는 말과 마음이라는 말
그리고 또 말이라는 말은 다 한통속 같은데
어쩔 수 없이 믿게 되는데
지금 할 수 있는 것은 이 열차의 끝까지 계속 가보는 것
철로 끝까지 석양이 켠 음악을 끄지 않는 것

방금 누가 일어난 자리
보일러 들어온 것처럼 따뜻하다

모르는 사람이 아름답듯
모르는 사람이 따뜻하다

천은사 연등은 무슨 까닭입니까

햇빛도 비탈져 내리는 곳을 아세요?

양안치고개 지나 원주 귀래면 귀래리 절 한 채
뒷방 요강 단지처럼 좁고 깊어
사월 초파일에 걸어 둔 연등이 여름 지나도록 같은 자립
니다
시간도 사람도 게으르게 흐르는데 나무라는 이 없어요

그믐의 등화였다가 근심조차 꽃인 꽃구름이 되었다가
비에도 젖지 않을 영귀의 이름들
둥글게 이마를 맞대고 얼마나 갸륵한 생을 비는 중인지

누가 먹어도 상관없을 절밥 수북 얹어 놓듯
멀리 가는 사람 잘 가시라는 듯

분꽃 심지 같은 연등은 가을보다 먼저 온 소식인 게지요

빗줄기도 비탈져 떨어지는 절벽 위의 집을 아세요?

몸을 구부리지 않고는 오르지도 내려서지도 못하는 구
중구곡

맑은 물살 같은 마음만 허공에 귀래하라는

난독의 경經 한 무덤

그만 펼쳐 버리고 말았습니다

우리 모두에게는 간호가 필요하다

불면의 계절

토요일 정오를 지난 시각에 광화문 역사를 빠져나오는데, 역내엔 그 시간까지 노숙의 잠을 청하는 사람 몇이 고사목처럼 누워 있었다. 먹다 남은 테이크아웃 커피 잔이 팔八자로 뻗은 다리 밑에 놓여 있고, 어떤 이는 신문을 덮은 채였다. 죽음도 비껴간 것처럼 정말 곤히 잠들어 있었다. 만약 어릴 때의 나였더라면 겁을 먹은 채 허겁지겁 그곳을 지나쳐 왔을 거다. 그런데 몇 사람을 지나쳐 오는데 문득 그런 생각이 스치는 거다.

'잠이야말로 세계의 인종에게 가장 공평한 것이 아닐까. 계급과 신분, 유산과 무산, 남과 여, 세대와 지역을 초월해서 잠이야말로 모든 인간에게 가장 공평하게 내려지는 생리적 욕구의 해소가 아닐까.'

잠자리야 처지에 따라 조금 불편하거나 부족할 수도 있고, 그 질적 수준은 사람에 따라 천차만별일 테지만 '거리의 잠'이 고관대작의 잠에 비해 덜 달콤하다거나 덜 행복하다고는 섣불리 말할 수 없을 것이다.

오히려 나는 모든 것을 가진 것 같은데도 밤에 잠이 오지 않는다는 이유로 수면제를 복용하며 우울증에 시달리는 이들을 목격하곤 한다. 늘 잠이 부족하다고 투덜대는 사람, 편한 잠을 자지 못해 힘들어하는 사람이 부지기수인 걸 보곤 한다. 나 역시, 잠을 푹 자지 못한 날은 어떤 것도 귀찮고 마음이 우울해지기만 한다.

꼬박 열두 시간가량을 잠에 빠져 있었어도 내 몸은 왜 빨래한 것처럼, 밤을 통과한 새벽처럼 개운해지지 않는 걸까. 뭔가 찜찜하고 불편한 기운은 뭘까. 아직도 내 몸 안에 잔뜩 먼지가 쌓인 듯한 그 상태는 대체 어디서 비롯된 것일까.

길을 걷다 한 번쯤 노숙의 잠을 자는 그들에게 물어보고 싶었다.

"편안히 주무셨습니까? 지난밤은 안녕하셨습니까? 좋은 잠을 청할 수 있는 비결은 무엇인가요?"

사는 일이 언제쯤 피곤하지 않을 수 있을까? 아니, 조금이라도 덜 피곤할 수 있을까? 누군가에게 질문으로써 구할 수 있는 답이 있다면 좋겠다.

나는 목이 마르다

누구나 한 번쯤 지하철을 타고 가다 마주쳤을 법한 또 다른 풍경 하나.

서너 살쯤 되었을까. 아이를 들쳐 업은 삼십 대 젊은 엄마가 지하철을 누비며 껌을 팔고 있었다. 남편은 교통사고를 당해 병원에 누워 있고, 생계가 막막한 그이는 껌을 팔아 생활비를 번다는 내용이 적힌 종잇장이 승객들의 무릎 위에 차례로 놓여졌다. 포대기 안의 아이는 훗날 자신의 유년을 어떻게 기억할 것인가. 나는 그 미래가 악몽처럼 떠올라 두 눈을 끔벅끔벅했다.

우산을 팔고, 등산 장갑을 팔고, 다목적용 걸레를 팔고, 껌을 팔고, 한물 간 무언가를 팔며 오가는 숱한 지하철 안의 군상. 영락없는 시장통. 그러다 또 그런 생각이 드는 것이다. '나는 어떤 가련한 생生을 팔려고 여기 이렇게 앉아 있는 거지?'

그날따라 비는 가을이라는 본분을 잊고 퍼붓는데, 우울하고 씁쓸한 생각이 머리를 떠나지 않는 줄곧 을씨년스런 날씨. 빗줄기마저 그런 나를 등 떠미는 것 같았다. 할 수만 있다면 도망치고 싶었다. 현재로부터, 모든 생활로부터.

몽골의 어느 벌판에 가면 '나는 목이 마르다'라는 간판을 단 술집이 있다는데, 거기나 다녀왔으면 하는 생각이 내내 떠나질 않았다. 돌고 도는 2호선 전철에 내내 앉아서 미처 가보지 못한 대륙을 횡단하는 꿈만 꾸었다.

누구나 울면서 태어난다

십여 년 전 가을날, 늦은 밤 집으로 향하는 전철이었는데 어느 선배로부터 전화가 걸려 왔다. 술을 꽤 마신 그는 다짜고짜 인생이 외롭다고 했다.

나는 "언제부터요?"라고 물었다.

"음, 39년 전부터."라고 선배는 말했다.

태어날 때부터 외로웠다는 그의 말을 듣는데 내 가슴에

도 통증이 전해졌다.

오래전 "모든 인간은 투병 중이고, 그래서 누군가를 사랑하는 일은 누군가를 간호하는 일"(박민규, 『죽은 왕녀를 위한 파반느』)이라는 문장에 밑줄을 그은 적이 있다. 전화를 끊은 뒤 나는 문자 메시지를 보냈다.

"선배에게 간호가 필요한 가을이구나."

그로부터 많은 시간이 흘렀지만 그 선배에게도 나에게도 여전히 가을은 위태롭다. 나이를 제법 먹었으니 덜 쓸쓸해지는 지혜를 터득했을 만도 한데, 우리는 여전히 각자 다른 공간에서 술잔을 기울이며 "쓸쓸해" 하고 자조 섞인 독백을 내뱉는다.

이제는 가을바람이 제법 불어온다. 초저녁이 지나면 귀뚜라미와 여치, 풀무치 울음소리가 귀에 선명해지는데, 그것은 때로 구슬픈 자장가 같기도 하고 옅은 빗소리 같기도 하다. 가을벌레들이 그러한 것처럼, 인간 역시 저 '울음'이라는 바탕이 먼저인 걸까. 동서고금을 막론하고 모든 인간은 울음을 터뜨리면서 세상에 태어나니까. 그런 의미에서 소설가 박민규의 문장은 다시 한 번 맞는 것 같다. '모든 인간은 투병 중'이라는 그 말……

나는 당신의 이마에 손을 얹는다. 당신은 물기 머금은 나의 뺨에 당신의 체온을 건넨다. 우리 모두에게는 간호가 필요하다. 사랑이 더더욱 필요한 나날이다.

김창균

시
공동묘지
모닥불
복면
복어
어느날사라졌다

산문
풍경

강원도 평창에서 태어나 1996년 《심상》으로 등단했다.
시집 『녹슨 지붕에 앉아 빗소리 듣는다』, 『먼 북쪽』,
『마당에 징검돌을 놓다』와 산문집 『넉넉한 곁』 등이 있다.
제4회 발견 작품상, 제1회 선경문학상을 수상하였다.

공동묘지

모여 있는 죽음을 보았다

모두들 숨이 멎었으나 지하에서 연대하는 위[上] 없는
몸들

서로 손을 잡으면 자신의 손이 오염될까 봐

몇몇은 옆에 누운 이웃을 외면하기도 한다

그들은 저마다 정수리가 봉긋한 모자를 쓰고

오래전에 죽은 자와 근래에 죽은 자가

모자 속에서 평등했다.

우리는 모자를 벗고 모자에 정중하게 인사하는 사람

모자 속 당신들은 서로 썩어 갈 손을 잡고

어쩌다 다리를 저는 사람에게 발자국을 던져 주거나

눈이 어두운 사람의 눈꺼풀을 당신의 주검으로 괴거나

말을 잃어버린 사람에게 모자를 벗어 주거나

우리 몸을 지배하는 온갖 망설임을 솟구치며

달 없는 저물녘

우리 이후를 만들어내느라 안간힘이다.

모닥불

겨울 공사장
뚜껑 없는 드럼통 난로에 폐건축 자재로 불을 지피고
몇몇이 모여 손을 쬔다
일회용 마스크를 낀 외국 국적의 키 작은 젊은 노동자는
연신 손을 비비며 불 속에 손을 담글 기세다
마치 불은 질 좋은 양식인 양 바람을 폭식하며
굶주린 육식동물처럼 아가리를 바쁘게 움직이는데
언제쯤이 겨울이 연소될까
미처 나무와 드럼통을 떠나지 못하는 연기와
지금 막 드럼통을 빠져나오는 연기가 있어
둥지를 가늠할 수 없는 곳으로 가는데
불을 오래 쬐어 얼굴이 벌겋게 달아오른 나는
나무를 벗어나지 못한 연기처럼
내 속에 고인다

복면

이제 푸른 나무와 견고한 빌딩이 말을 하고
인간은 지하에 몸을 숨긴다
병든 몸은 길을 지우고
너를 지우고
끝내 우리를 지울 것이다

너무나 장황한 묘비명을 쓰다 쓰러지며
자신의 몸에 갇혀 우는 자여
별들은 더 이상 인간의 안부를 묻지 않는다
단지 인간의 안부를 묻는 것은
어둠이 두려워 자신의 성량보다
더 크게 짖어대는 개들뿐이다

병을 이기지 못해 무료할 당신을 위해
어제는 오래 시들지 않는 꽃을 샀고
오늘은 빨리 시들어 버리는 꽃을 산다
며칠 후 죽을힘을 다하다 죽어 갈 꽃에 물을 주며
나는 악몽을 몸속에 봉인하느라 안간힘 쓰던 세월이
다시 코앞에 당도하는 것도 모르고
마치 내 몸을 떠나갈 듯한 숨결을
아껴서 호흡한다.

끝없이 부정하고 싶겠지만
이제 자주 당신과 나는
서로의 복면을 고쳐 주며 마주하게 될 테고
매일 당신은 낯설어질 것이다.

복어

어둠 속에서는 모든 것이 어긋나서
서로 몸 닿지 않는 것이 다행이었다.
어딘가에 닿지 않으면 모든 것은 혼자였으며
당신도 나도 초면처럼 낯설어 치명적이진 않았다.

바늘을 한 움큼 삼킨 짐승처럼
긴 울음을 우는 자여
독을 품고 서로의 몸을 비비거나
한껏 배를 불려 자신에게 가하는 처벌
독으로 가득 찬 몸이 밀고 가는 길은
가득 어둠이 출렁이는 심해처럼 캄캄했겠다

어떤 무리는 슬픔의 기포를 들이마신 후
그 울음이 더 깊고 구성져
당신들 쪽으로 천 배의 독을 옮기니

그리하여 우리의 사랑은
자주 서로를 외면하며 울고
또 운다.

어느 날 사라졌다

어느 날

거리에 불빛이 사라지고

상점이 사라지고

얼굴을 가린 사람들이

중간이 끊어진 직선처럼 거리의 끝에 서 있다

사람이 지나지 않는 거리는 이제 곧 사라질 것이다

미처 신발을 챙겨 신지도 못하고 응급실로 실려 가는 이
웃과

불어 터진 국숫발처럼 입 속에서 뭉턱 끊기는 한숨은

자주 목격될 것이다

아까워서 아까워서

끝까지 아껴 쓰고 싶었던 겨울해가

서둘러 지는데

거미들은 난간과 난간 사이에 걸어 놓은 자신의 밥줄에

제 몸을 감고 숨을 헐떡인다.

풍경

    초여름이 시작되는 유월 중순, 이즈음이면 내가 사는 이 나라 동해안 최북단 마을 고성은 블루베리 수확이 한창이다. 블루베리는 북미 쪽에서 온 외래종인데 우리나라에 들어와 재배되기 시작한 것은 그리 오래되지 않았다. 영양이 풍부하고 각종 성인병이나 여타 질병에 효과가 있다 하여 지금은 우리나라 여러 지역에서 재배하고 있다.

    내가 근무하는 소읍의 고등학교에는 학생의 부모가 블루베리 농사를 하는 가정이 여럿 있어 매년 수확철이 되면 학생들이 자기 집에서 생산하는 블루베리 제품 홍보 및 판매를 위해 선생님을 비롯한 교직원들을 찾아오거나 전단지를 돌리기도 한다. 나도 몇 년 전부터 매년 구입하곤 하는데 이는 나나 아내가 먹기 위한 것이 아니라 순전히 딸들의 성화를 견디기 힘들어 제법 많은 양을 구입하는 것이다. 2021년 올해도 어김없이 큰딸과 작은딸의 전화가 블루베리 수확철에 맞춰 몇 번 오고 혹시 전화를 못 받으면 득달같이 문자메시지로 주문사항을 보내온다. 사서 냉동실에 보관해 놓으면 집에 다니러 오는 길에 가져가겠다는 통보다.

    본격적이지는 않지만 제법 햇살이 뜨거워지는 날 오후 수업이 비는 시간 외출을 달아 놓고는 동행을 자처한 후배 교사를 옆 좌석에 태우고 단골 농장에 블루베리를 사러 간다. 매년 가는 길이지만 시골길은 자주 꺾이고 샛길이 많아 길을 잘못 들기 십상이다. 막다른 길을 만나면 좁은 길에서 간신히 차를 돌려야 하고 경운기라도 만나면 교행할 수 있는 곳까지 또 한참을 후진해야 한다. 마을 정미소를 지나 비 가림막도 없는 간이 버스 정거장을 지나 한참을 가다가 마을회관 옆을 지나는데 뭔가 고요하고 적막한 기분이 들어 차를 세우고 찬찬히 보니 회관 앞에 커다란 현수막이 걸려 있다. "코로나-19로 인해 마을회관을 폐쇄합니다"라는 글자가 박힌 현수막이 무료한 듯 초여름 바람에 펄럭인다. 가뜩이나 코로나 팬데믹으로 인해 우울하고 답답한데 그 문구를 보니 더 우울해지는 기분이다. 게다가 '코로나-19'는 빨간 글씨로 돋보이게 써서 보는 나를 더 덥고 지치게 한다. 마을회관은 노인들이 정보를 교환하거나 매일 모여 같이 밥을 해 먹거나 화투를 치며 가끔 언성을 높이고 다투며 서로 건강해지는 공간인데 그 공간이 폐쇄되어 아무도 출입할 수 없다니 갑자기 노인들의 무료할 법한 일상이 걱정되기도 한다.

한참 이런저런 별 소득이나 의미가 없는 생각을 하다 차 시동을 걸어 다시 농장 쪽으로 간다. 자동차 실내는 에어컨을 틀었건만 마스크를 쓴 입 주위가 축축하여 후텁지근한 기운이 사그라들지 않는다.

그 와중에 옆자리에서 쉬지 않고 혼잣말처럼 라디오에서 나오는 노래를 따라 부르던 후배가 갑자기 말을 걸어 온다.

"선배, 세상에서 가장 아름다운 풍경은 어떤 풍경일까?"

"글쎄, 그건 사람마다 아름다움에 대한 기준이나 생각이 다르니 풍경을 자기 속에 들이거나 바라보는 태도도 다르겠지? 그런데 갑자기 그건 왜?"

"응, 며칠 전 라디오에서 가요를 들었는데 그 노래 제목이 하덕규라는 가수가 부른 '풍경'이야, 아주 오래전 가시나무라는 노래를 불렀던 시인과 촌장 말이야, 그 노래 가사 중에

'세상 풍경 중에서 제일 아름다운 풍경

모든 것들이 제자리로 돌아가는 풍경

세상 풍경 중에서 제일 아름다운 풍경

모든 것들이 제자리로 돌아오는 풍경'이라는 구절이 있는데, 요즘처럼 우리의 일상이 어긋나고 뒤틀린 시대에 한번쯤 생각해 볼 말인 듯해서 공감이 가."

"그러게 그러고 보니 그런 것 같기도 하네."

바쁠 것 없어 천천히 차를 몰며 "제자리로 돌아가는 풍경, 제자리로 돌아오는 풍경"이라는 구절을 반복하며 중얼거리는 사이 단골 블루베리 농원에 도착했다.

농장 주인아주머니에게 반갑게 인사를 하고 블루베리 10여 킬로 달라고 부탁한다. 옆에 있던 후배도 3킬로 정도 사고 싶다고 말하는데 주인아주머니는 마스크가 앞뒤로 들락거릴 정도로 한숨을 쉰다. 팔 수 있는 제품이 없다는 것이다.

"아니 아주머니 저기 농원에 저렇게 크고 실한 블루베리가 주렁주렁 열려 풍년인데 팔 물건이 없다니요?"

"농사야 풍년이지요, 그런데 미처 수확할 수가 없어요.

적기에 수확하지 못하면 저 열매는 그냥 나무에서 말라비틀어져 버려야하는데 나도 미칠 지경이라우."

"그럼 수확하시면 되지요."

"일손이 없어, 일손이, 예년에는 수확철에 외국인 노동자들을 고용해서 수확했는데 코로나 때문에 외국인 노동자들이 들어오지 못해 일손이 없어."

그 말을 듣고 과수 근처 그늘 쪽을 보니 동네 할머니들 몇 분 모여 앉아 그나마 수확한 블루베리를 선별하고 있다.

"그럼 저거라도 몇 팩 주세요."

"안 돼, 저건 예약한 분들한테 조금씩이라도 나눠 줘야 해."

"그럼 언제쯤 오면 사 갈 수 있을까요?"

"몰라, 기약할 수 없어, 혹시 주말에 시간 되면 학생들 데리고 체험학습 와서 1인당 만 원씩 내고 맘껏 따 가시게."

유월 햇살을 받아 검게 탄 아주머니의 이마 주름을 타고 흐른 땀이 때 긴 마스크를 적시고 선별작업을 하는 노인의 핏줄 솟은 손등으로 그늘이 빠르게 지나가고 있었다. 블루베리 10여 킬로 사려는 목표는 언감생심 겨우 500그램짜리 한 팩 사서 돌아오는 길. 과속방지턱이 유난히 많은 길을 돌아 나오며 괜히 자동차에 급브레이크를 자주 건다. 몸이 심하게 앞뒤로 출렁이기를 몇 번, 그러는 동안 마을회관을 지날 때 후배가 했던 말을 다시 생각한다.

"세상 풍경 중에서 제일 아름다운 풍경
모든 것들이 제자리로 돌아가는 풍경
세상 풍경 중에서 제일 아름다운 풍경

모든 것들이 제자리로 돌아오는 풍경"이라는 말에 대해.

박봉희

시
가정식 백반
임시휴업
시소게임
자가격리, 그거 별거 아니에요
With Corona

산문
대구, 그 위기의 도시

경북 포항에서 태어나 2013년《시에》로 등단했다.
시집『복숭아꽃에도 복숭아꽃이 보이고』가 있다.

가정식 백반

가정에 매달린다

코로나19가 가정방문을 한 이후
파리를 날리고 있다
몇 번 바뀐 상호, 점포정리, 폐업의 상가지역에서
골목으로 규모를 줄여 옮겼지만

손님이 줄어든 만큼 살찌는
그녀, 끼니 걱정하던 한때 향수와 겸상을 한다
밥은 먹고 사냐, 엄마 목소리가 빗소리에 젖는다

왜 낳았노, 그녀가 엄마에게 퍼부었던 악담을
그녀 자식이 눈 부릅뜨고 대들며 되돌려주던
주고받던 슬픔이 비에 젖는다
그 슬픔은 세상에 없는 무게라서 차마 마주할 수 없는데

아무리 열어도 가정은 열리지 않고*

밤새 내리던 비가 그친다
무거운 엉덩이를 들고 일어선
그녀, 제 죽어 가는 자식을 가슴에 안은 어미가 올리는

기도처럼

　　빛 드는 쪽으로 화분을 옮기고 두 손 모아 화초 이파리
를 닦는다

　　때가 되면 꽃이 만발하듯 가정도 만반하리라
　　기댈 곳이 가정밖에 없는 가장
　　없는 손님에게 대접할 한 끼 밥을 준비한다
　　가정과 슬픔이 한 밥솥 안에서 뜸 드는 중이다

　　* 이상의 시 「가정」에서 "문을열려고안열리는문을열려고"를 변
용함.

임시휴업

아무것도 안 해

쉼 없이 무엇을 하는 것과
죽은 듯 무엇을 하지 않는 것
어느 것도 내 것이 아닐 때

안 해

잠시 손을 놓습니다

따지고 보면
제때 꽃피는 것도 꽃피지 않는 것도
꽃이 꽃에게 거는 화법

순한 아이가 아버지와의 불화로 가출한 것도
아이가 자신에게 대드는 방법

해,
안 해,

어디에도 속하고 어디에도 속하지 않는

상처에 상처를 덧댄

그 뿌리는 내 안을 향하고 있어
상처가 깊어지겠습니다
세상은 세상 편이어서 뒤탈 없겠습니다

시소게임

혼자가 아닌 혼자이다

내 무게가 쏠린 바닥은 검은 모래밭이다
마주한 빈자리에 보이지 않는 검은 생물이 앉는다

내기 할까, 내 제안에 날개를 단

그것이 우울한 내 영혼에 올라타 짓누를 때
엉덩방아를 찧으며 찌그러지는 공처럼 숨이 막힌다

우리는 함께, 다르게 운동한다

마스크가 금방 걸어 놓은 비닐 링거 팩처럼 허공에 매달
린다
마스크를 끌어내리는 검은 손이 꿈틀거린다

은행잎이 그것에게 보내는 옐로카드처럼 노랗게 떠 있
는 운동장

내 편 할래, 그것의 지친 날개를 치켜세우는 솔깃한 속
삭임

내가 내 생과 접전을 벌이는

주고 받는
죽고 사는

시소가 팽팽하다

자가격리, 그거 별거 아니에요

빛과 어둠이 방바닥에 무늬를 짠다

나는 내가 죽기 이전에 이미 죽었으므로
내가 살 방법은 내가 내 무덤을 파는 것

내 길이와 넓이에 맞게 직사각형의 형체가 완성될 때
오전 열한 시 사십 분이 도착한다

반듯하게 누워 손을 배꼽에 올리고
저장된 바닥에 나를 안장한다
사색이 된 낯빛에 빛이 흙처럼 뿌려진다

십사 일 동안 동면에 들었던가

오지 않을 내일 같은 완벽한 오른쪽
서녘으로 나를 벗은 관이 허물처럼 흘러간다

나는 나를 탄생하라

나를 소화한 겨울에서 새살이 돋는다

오늘의 내일을 묵도하던
병색의 얼굴 위 미소가
베어도 다시 자라는 무덤의 잡초처럼 번진다

세상에 적을 둔 적 없는 삶
세상으로 다시, 걸어가고 있다

With Corona

게임의 법칙은 '함께'인가
승부가 나지 않는다 오지 않을 내일처럼

나는 혼자이고 그것은 전부이고

룰은 위아래가 있어 심심하다
시간이 허락할수록 적이 진부해진다

혼자와 코로나19
평일처럼 일하고 먹고 쉬며 합숙한다

지위, 명예, 빈부, 남녀노소 할 것 없이 동등하다

절교한 마음이 사교적으로 바뀐다

블루 대신 날개를 상상해

적장을 끌어안고 남강으로 뛰어들어 함께 죽는 논개처
럼
필사적으로 어울린다

이기고 지는 자 없는
무승부를 위해 그것과 잘 사귀어야 해

시간이 시시해질수록 게임은 생활이 된다

함께여서 환한 어둠
빛과 어둠을 조율하면
'함께' 음악이 물과 기름처럼 이중주로 흐른다

대구, 그 위기의 도시

2020년 2월 18일, 대구에 코로나-19 첫 번째 확진자가 발생하였다. 신천지 대구교회 신도인 31번째 확진자였다. 이 신도는 증상이 있으면서 예배에 참석하였다. 이날 이후 신천지 교인을 중심으로 집단 감염이 일어났다. 확진자 순위가 중화인민공화국에 이어 세계 2위, 인구 수 대비로는 세계 1위를 기록하기도 하였다. 이 사건으로 인하여 대구 시민들은 죄인 취급을 당했고 고립될 위기에 놓였었다. 강화된 사회적 거리두기로 기존의 일상이 심하게 타격을 받았다. 지금껏 경험하지 못한 제약에 제대로 적응하지 못하였다. 그 결과 부작용이 나타나기 시작하였다.

또 엄마 전화다. 야야, 답답해 죽겠다, 못 참겠다, 매번 하는 하소연이었다. 엄마는 자식들에게 시도 때도 없이 전화를 했다. 이 자식 걱정, 저 자식 걱정 그리고 당신 걱정을 하였다. 말을 잘못 전달하여 형제끼리 싸움 직전까지 간 적도 있었다. 경로당이 코로나-19 감염 예방을 위해 운영을 중단하였다. 그곳에 매일 출근 도장을 찍던 엄마는 사는 즐거움이 없어졌다. 경로당 총무, 회장, 친구들에게 번갈아 가며 전화했다. 안부를 묻고 남의 집 이야기하는 것이 유일한 낙이었다. 그 낙의 대가는 한 달에 몇십만 원씩 나오는 전화요금이 대신했고 그 돈은 자식들 몫이었다. 우리 형제들은 의

논 끝에 무제한으로 통화할 수 있는 휴대폰으로 바꿔 드렸다. 고령의 삶이 활기를 띠는 경로당에서 여든이 넘는 엄마 나이는 나이가 아니었다. 막내로 서열이 정해진 후 밥과 청소를 도맡아 하였다. 한 달에 얼마씩 회비를 내서 해 먹는 점심에 온힘을 쏟았다. 함께 먹는 밥과 반찬이 원기회복에 효과가 있다면 매일 치는 십 원짜리 고스톱은 아픈 무릎을 낫게 하는 진통제였다. 하루빨리 경로당이 문을 열어야 한다. 그래야 엄마의 엄동설한에도 자식들의 근심걱정에도 봄날이 열리지 않겠는가.

대구가 최대 위기라고 할 때지만 그래도 얼굴이나 보자며 친구들이 식당에 모였다. 친구 중 한 명은 앉자마자 임시 선별 검사소에서 검사 받은 이야기를 하였다. 대형마트를 다녀간 사람이 양성 판정을 받았고 그곳에 들른 모든 사람이 검사 대상에 포함되었다. 가는 데마다 검사 받는 사람들로 북적거렸고 거의 한나절이나 걸렸다며 투덜거렸다. 음성 판정을 받은 친구는 마트에서 모두가 마스크를 썼는데 무슨 바이러스를 옮기느냐, 검사 받을 인원은 많은데 선별 검사소 수는 너무 부족하다며 쉼 없이 불평불만을 늘어놓았다. 코로나-19가 잦아들 기세가 보이지 않자 우리는 미루었던 모임을 하게 된 것이다. 오랜만에 수다도 떨고 기분 좋게 헤어졌다. 아무 생각 없이 현관문을 여는 순간 남편과 마주쳤다. 겁도 없이 무슨 모임이냐, 바이러스라도 걸려 직원들과 거래처 그리고 회사에 전염이라도 되면 어떡할 거냐며 잔소리하였다. 만약으로 시작된 설교는 추측과 비약이 심했다. 손님이 없는 시간대에 만났고, 조용한 식당의 룸으로 예약했다. 음식은 덜어서 먹었고, 먹을 때 말하지 않았다며 변명하고 싶었다. 변명이 비명이 될 때까지 말대꾸하고 싶었다. 참았다. 남편의 말에 수긍하고 말문을 닫았다. 그는 내 앞에서 보란 듯이 마스크를 썼고 내게도 마스크를 벗지 말라고 했다. 우리 부부는 집 안에서 마스크를 쓰고 다녔다. 마스크가 위험 표지처럼 방과 부엌 그리고 거실을 떠다녔다.

그런 살풍경은 집 바깥에도 예외가 아니었다. 동네 언니, 동생 들과 마트나 운동을 갈 때 마스크를 쓰고 떨어져서 걸었다. 몸에 손이 스쳐도 벌레 밟은 듯 인상을 쓰며 비켜섰다. 상대방이 바이러스 매개체인 양 의심하며 만나고 의심하며 차를 마셨다. 커피를 테이크아웃 해서 놀이터에 갔다. 벤치에 거리를 두고 앉아 마시면서 다른 사람들 눈치를 보았다. 서로 교대로 망봐 주며 마스크를 살짝 내려 커피를 홀짝였다. 행동하는 데 제재를 받는 반면 재미도 있었다. 그렇게라도 얼굴을 보고 바람 쐬지 않으면 답답하고 우울한 마음을 풀 수 없었다. 카페모카의 부드럽고 달달함이 쌓여 가는 불안감을 어느 정도 해소해 주었다. 동네와 도로의 인도 또한 적막했다. 그 막막함 속에서 포착되는 사람들의 움직임은 바람에 정처 없이 나부끼는 텅 빈 검은 비닐봉지나 다름없었다.

그러나 부작용만 있는 것은 아니었다. 코로나-19로 대구가 봉쇄될 위기에 처했을 때 다른 지역에 사는 지인들이 자주 연락을 해 왔다. 건강을 염려해 주고 불안한 마음을 안심시켜 주었다. 시골에 사는 친구는 면역력을 키워야 한다며 자신도 사 먹기 힘든 한우를 박스로 보내왔다. 무엇보다도 심각한 문제는 어디에서도 마스크를 살 수 없는 것이었다. 누구는 사재기에 여념이 없었고 누구는 사기 위해 피를 말렸다. 부르는 게 값이어도 구하지 못했다. 발을 동동 구르고 있을 때 서울에 사는 지인이 KF94 마스크 100장을 보내왔다. 어디서 얼마를 주고 샀는지 알 수 없었지만 발등에 불이 떨어진 터라 감사하게 받았다. 위급한 상황에 직면했을 때 받은 온정은 돈으로 값을 매길 수 없고 말로 표현할 수 없다. 지금껏 깊은 울림으로 남아 내가 살아가는 이유가 되고 내 삶을 들여다보는 거울이 된다.

대구 시민들의 노력과 협조에도 아랑곳없이 코로나-19는 전국으로 퍼져나갔다. 사람들은 전염병에 걸리지 않기 위해 최대한 조심한다. 자신을 책임질 사람은 자신밖에 없다. 마스크 쓰기, 소독하기, 사회적 거리두기, 백신 접종하기 등을 실천한다. 그럼에도 불구하고 코로나-19는 델타변이 바이러스, 오미크론변이 바이러스 등으로 이름을 바꿔가며 인류를 대혼란에 빠트린다. 오미크론 변이는 기존의 바이러스보다 70배, 80배……속도로 급속하게 전파를 이어 간다. 증가하는 확진자에 정부는 위드 코로나를 중단하고 사회적 거리두기를 상향한다. 어떤 변화에도 휩쓸리면 안 된다. 결국 자신과의 싸움이다. 오갈 데 없는 나는 마스크를 쓰고 초등학교 운동장 벤치에 멍하니 앉아 있거나, 못을 몇 바퀴 돌며 시간을 보낸다. 나 자신을 다른 사람과 격리하고 스스로를 격려하는 방법들이다. 혼자에 몰두하며 이 고비를 견뎌 나간다. 단절과 격리 그리고 마스크

로 익명화되는 혼자는 외롭다. 무섭다. 누군가 곁을 내주고
손잡아주기를 기다린다. 누군가도 마찬가지가 아닐까. 서
로 밥은 먹었냐, 아픈 데는 없냐, 안부를 묻고 관심을 가져
야 한다. 그것이 혼자를 위하고 서로를 위하는 지속적인 처
방이다.

박소란

시
자취
이방인
초대
행인
따뜻한이불을덮고주무세요

산문
괜찮습니까?

서울에서 태어나 2009년 《문학수첩》으로 등단했다.
시집 『심장에 가까운 말』, 『한 사람의 닫힌 문』,
『있다』가 있다.

자취

쌀통을 열자
수상한 것들이 날아오른다 잿빛 날개를 펄럭이며
어디로,

싱크대와 가스레인지 사이로
냉장고 아래 알 수 없는 틈으로

괜찮아 괜찮다니까 달래도 모습을 드러내지 않는다

묵은 쌀을 씻어
천천히 오래
밥솥의 취사 버튼을 누르자
놀랍도록 보얀 김은 오르고

그 광경을 마냥 바라보는 나를
마냥 바라보는 누군가
있는 것 같다 구석에 도사린 잠잠한 눈이

있는 것 같다

빈 골목을 서성이다 돌아와 불을 켜면

어떤 몸이 부스럭거리다 허둥지둥
숨어 버린다

혼자서 밥을 먹는데
맞은편 한 쌍의 숟가락과 젓가락을 가지런히 놓아두는
이유

아침이면
말라비틀어진 주검들이 창가에 흩뿌려져
있다
먼 빛을 건너다보며 죽어 간 것들
끝내 그 투명한 벽이 무엇을 의미하는지 알지 못한 채로

밥을 먹는다
투명한 벽 너머 투명한 벽을 떠올리며

어디로,

벽을 두드리자
또다시
나는 수상해진다

이방인

먼 곳에 사는 네가 사진을 한 장 보내 주었다
자, 선물!

초록이 매끈하게 펼쳐진 이국의 공원이 거기 있었다
비현실적인 풍경이네, 비현실적이라
좋아, 하고 답장을 보냈다

그곳을 한참 들여다보니 조그만 사람이 보이고
그는 관광객인가 보다
더 조그만 표지판을 유심히 살피고 있군

좋은 곳에서 좋은 구경을 했으면
좋은 사람을 만나 좋은 이야기를 나누었으면

비현실적인
그 길을 나 대신 오래 걸었으면
걷다 지치면 공원 모퉁이 벤치에 앉아 오래 쉬었으면

눈을 감고
눈을 감고

어쩐지 위엄이 서린 커다란 나무가 그를 내려다보고 있
군
좋은 삶을 점쳤으면

지금쯤 넌 잠이 들었겠지 거기는 한밤중일 테고
공원도 문을 닫았을 거야
아직 잠들지 못한 사람들이 새카만 꾸러미를 움켜쥐고
공원 입구를 서성인대도

공원 뒤편 어디선가 총성이 울리고 한 떼의 사람들이 비
명을 지르고
병원으로 이어진 길에 여러 대의 앰뷸런스가 늘어선대
도

좋은 꿈을 꾸었으면

어김없이 나는
아침을 맞는다 YTN을 보며
흰 우유에 달달한 시리얼을 말아 입에 넣고 우물거린다
반쯤 지워진 간밤의 악몽을 연하게 내려 마신다

문을 나선다
문밖 환한 풍경이 나를 당기고 거리는 하나같이 깨끗하
군 사람들은 하나같이 친절하군
　누군가 다가와 웃으며 말을 건다

웨어 아 유 프롬?

좋은 꿈,
좋은 꿈을 꾸었으면

초대

원래 이렇게 조용해?
묻는다
그런가? 조용한가? 잘 모르겠어요 나는
대답을 하고

평소엔 음악을 켜 두니까, 변명하듯이
괜히 신경이 쓰여서

정말 아무 소리도 들리지 않네
신기하게

고개를 갸웃대며 당신은
벽을 따라 서성인다 무표정의 흰 벽을
노크하듯 톡톡 두드려 본다

한 번도 옆집 사람을 만난 적이 없어요

그럴 수가? 어떻게 그럴 수 있지?
당신은 조금 놀라고

민망해져서 나는

어쩐지 수상해져서
밤처럼
밤의 커튼 뒤에 숨은 살찐 유령처럼

조용해
아무래도 너무 조용하다고

당신은 연거푸 헛기침을 한다
초조한 기색으로
문 쪽을 힐끔거린다

가지런히 놓인 신발이 있구나
느닷없이 걸음을 멈춘 한 켤레 신발이

어째서 여기 있을까
이토록 조용한 집에

귀를 의심한다 끊어질 듯 소곤소곤 이어지는 당신의 이
야기를
의심한다
마주 앉은 당신을

먼 곳으로 눈을 돌리면
두꺼운 어둠이 펼쳐진 창
그 위로 누군가 다급히 그려 넣은 얼굴

하나인지 둘인지 혹은,

가르쳐 주지 않는다 아무 말이 없다

행인

녹슨 맨홀 뚜껑 같은 게
거기 잠자코 붙은 껌 같은 게

나를 본다 내 이름을 중얼거린다
눈을 깜박이는 게
입술을 지그시 깨무는 게

나를 기다린다
늦지도 이르지도 않은 나의 귀가를

어느 날은 컹컹 짖고 어느 날은 냐옹 울기도 하는
횡단보도
절룩이는 다리로 나를 따라 집까지 온다

병원 같은 게
입원실 간이침대 옆 쪼그려 앉은 그림자 같은 게

쉽게 부서지는 게
부서지고도 반짝이는 게
공병 같은 게

나와 함께다

함께 먹고 함께 잠든다

함께 악몽 속을 거닌다 지옥의 숲을 산책하듯이

일어나 아침이야, 흔들어 깨울 수 없지만

재촉할 수 없지만

허둥지둥 문을 나서면

바퀴에 깔린 장갑 같은 게

부르르 손을 떠는 전단 같은 게

주워 들면 피가 조금 난다

따뜻한 이불을 덮고 주무세요

누군가 앉았다 일어난 자리
머플러 한 장이 놓여 있었다, 아니었다
사람이었다
지나치게 움츠러든 사람
누군가 그를 두고 가버린 것이었다

어서 오세요

사소한 인사라도 듣고 싶은 것이었다
금방이라도 바스러질 것 같아
커피숍 닫힌 문을 비집고 들어온 지난 계절의 잎새

어떤 말이라도 필요한 것이었다

내일 전국 흐리고 쌀쌀 밤부터 기온 뚝, 일기예보 문자
마저 한참을 들여다보는
언제부턴가
눈 닿는 곳마다 비가 듣는 것이었다
그 비를 다 맞는 것이었다

저 테이블 저 의자 저 쓰레기통

찌그러진

찌그러진

여기에 버려 주세요

잇자국이 선명한 컵이나 식어 버린 커피의 안부를 염려
하는
그냥 그런

감사합니다

작은 우연이라도 필요한 것이었다
살아 있다는 사실, 가끔은 그 사실을 들키고 싶어

바닥에 맥없이 주저앉은 머플러
그를 일으켜 급히 카운터 쪽으로 향하는 누군가

안녕히 가세요

사람이었다

괜찮습니까?

요즘의 저는 자주 늦잠을 잡니다. 특별한 바깥 일정이 없는 한, 10시나 11시 즈음 늑장을 부리며 일어나 어슬렁어슬렁 아점을 먹죠. 그리고 유튜브를 켜요. 각종 채널을 기웃거리며 마른 빵 조각을 씹습니다. 그러고는 늦은 새벽 잠들기 전까지 유튜브를 끄지 않아요. 끄지 못합니다. 잔잔한 음악이나 빗소리, 파도 소리 같은 ASMR을 틀어 두고 밀린 일을 처리할 때도 있지만 실은 알지도 못하는 이들의 일상을 훔쳐보는 데 꽤 많은 시간을 쓰곤 합니다. 다양한 연령 다양한 직업 군의 사람들이 찍어 올린 브이로그가 넘쳐나니까요. 몇 시에 어디로 출근을 하는지, 무슨 일을 하는지, 퇴근 후에는 누구를 만나 어떤 이야기를 나누는지, 무엇을 먹는지, 무엇을 사는지 그리고 버리는지 같은 시시콜콜한 이야기가 어떤 안정감을 줘요. 가볍게 웃고 떠드는 소리들. 그런 게 없는 정적을 참기가 힘든 요즘입니다. 종일 노트북 앞에 앉아 쉼 없이 마우스를 움직여요. 보다 실제에 가까운 소리를 찾으려고. 잘 만들어진 일상, 잘 연출된 현실을 보고 듣는 데 길들여진 것일까요. 낮이든 밤이든 블라인드가 쳐진 거실은 어둡기만 한데. 하루하루 시간은 잘도 흐르는데.

한 친구는 몇 달 전 직장을 잃었고, 다른 한 친구는 코로나–19 확진을 받았습니다. 또 다른 친구의 아버지는 요양

원에 계시던 중 바이러스에 감염되었다네요. 그리고 두 달여 뒤 돌아가셨다지요. 우려했던 대로 제대로 된 장례조차 치를 수 없었다고 합니다. 네이버로 검색해 보니 하루 확진자 4,875, 사망자 108이란 숫자가 막대그래프와 함께 보기 쉽게 명기돼 있네요. (이 글은 2021년 12월에 쓴 것임을 밝힙니다.) 시위 소식과 자살 소식이 뉴스 란에 잇따라 떠 있고요. 그러나 좀처럼 실감할 수 없는 것입니다. 얼마 전 어쩌다 잠깐 대학로를 지나다 보았지요. 빈 점포들, 거기 유리벽에 덩그러니 붙은 '임대문의' 종이들. 하지만 그런 것들은 '어쩌다 잠깐'일 뿐입니다. 좀처럼 집 안으로, 책상 위로 침투하지 않습니다. 지금 저는 정규직 노동자가 아니고, 자영업자는 더더욱 아닙니다. 바이러스에도 감염되지 않은 채입니다. 여전히 무사하고 그러므로 때맞춰 밥을 먹고 잠을 잡니다. 마감에 늦지 않게 원고를 작성해 보내고, 인스타나 유튜브로 진행되는 북토크 행사에도 간간이 참여하지요. "하루하루가 정말이지 끔찍해!" 미국에서 유학 생활을 하는 친구는 며칠에 한 번씩 그곳 사정을 전하며 울분을 토하지만 "아, 이렇게 세상이 망해 가는가 보다" 맞장구를 치지만 대체로는 먼 이야기일 뿐입니다. 종말을 목전에 둔 공룡의 심정을 상상하면서도, 거기 미국과는 달리 여기 한국에서는 언제든 병원에 갈 수 있는 걸, 무료로 검진을 받고 치료도 받는 걸, 다행스러워 합니다.

다음 학기 수업도 온라인으로 진행하면 되겠지? 밥벌이인 학교 강의는 더 수월해졌지요. 작년만 해도 허둥지둥 새로운 시스템을 익히기 버거웠지만 지금은 어떤가요. 이루 말할 수 없이 편리해졌지요. 침대에서 책상까지는 고작 몇 걸음, 노트북만 켜면 모든 게 가능하니까요. '줌'으로 하는 수업이며 미팅이 이제는 마땅히 합리적으로 여겨집니다. 얼굴 본 게 대체 언제야? 하면서도 "그냥 줌으로 만나자" 사적인 약속도 곧잘 온라인으로 처리합니다. 그야말로 '처리'합니다. 얼굴을 맞대고 앉아 세세한 감정을 주고받지 않아도 된다는 게 얼마나 편한지. 이렇게 편할 수가! 때때로 감탄하며 더 편한 것, 더 간소한 것 운운합니다. 앞으로 많은 것들이 달라지겠죠. 다시 예전으로 돌아갈 순 없겠죠. 네, 분명 그럴 거라 확신하며 여지없이 유튜브 여기저기를 기웃댑니다. 점차 완벽에 가까운 'homebody'가 된 저는 어쩌면 이대로 영영 지금과 같은 시간이 지속되길 바라는 것인지도 모르겠습니다.

체념이나 단념. 스스로의 힘으로 지금의 상태를 고치거나 바꿀 수는 없다는 자명한 사실. 일종의 무력감일까요? 알 수 없지만, 갈수록 더 제 속으로 기어드는 저를 봅니다. 세상의 흐름과는 무관한 나만의 일, 나만의 상처, 나만의 괴로움. 그런 것에 골몰하지요. 제 개인의 사정이란 것이 끝내 제가 발 딛고 살아가는 지금―여기와 무관할 수 없다면, 어째서 제가 쓰는 시는 '지금'도 '여기'도 똑똑히 담아내지 못하는 걸까요. 이 비좁은 방의 문은 도무지 열릴 기미가 보이지 않습니다. 나태한 표정으로 하루하루를 흘려보내고 있을 뿐입니다. 무엇 하나 제대로 쓸 수 없는 채로 시인을 지속해 갑니다.

이런 상태야말로 가장 심각한 병증이겠지요. 둔감이라

는, 불감이라는 병. 그러나 더 솔직해지자면 이 또한 외면하고 싶어 갖가지 궁리를 거듭하는 것입니다. 이런 마음은 무엇일까요. 진심일까요. 아니면 그냥 습관일까요. 착각일까요. 전화벨이 울립니다. 깜짝 놀랍니다. 누군가를 그리면서도 전화기를 집어 들기까지는 왠지 조금 망설이게 되는 마음. 먼지가 촘촘히 쌓인 블라인드 가느다란 틈새로 조심스레 바깥 풍경을 살피는 마음. 진짜 마음은 과연 어디를 향해 있는지. 꼬리에 꼬리를 물고 이어지는 생각들을 주섬주섬 챙겨 입습니다. 인적이 드문 시간을 틈 타 동네를 어슬렁거립니다. 밤의 천변을 걷습니다. 저만치 누군가 희미한 그림자를 질질 끌고 이쪽으로 걸어오는 것을 보며, 반사적으로 마스크를 고쳐 쓰지요. 그러면서 안심합니다. 이만하면 잘 살고 있다고. 제법 괜찮다고. 그렇지만 가끔은 믿을 수 없는 것입니다. 이토록 괜찮다는 것. 이토록 혼자라는 것.

송진권

충북 옥천에서 태어나
2004년《창작과 비평》으로 등단했다.
시집『자라는 돌』,『거기 그런 사람이 살았다고』,
동시집『새 그리는 방법』,『어떤 것』이 있다.

군내버스 정류장

안 죽구 살았응게 이르케 또 보는구믄
죽었더니 그나마 이제 해동해서
근근이 살아나 장귀경두 하는가베
세한에 고라니가 내려와서 시래기를 다 빼먹었다니께
눈이 그리 많이 왔으니 산짐승도 살아야지
즌기장판 한 장으루 겨울을 났다니께

딸네 집에 갔다더니 인제 영 못 올 중 알었네
그래두 아들을 두구 사우 눈치도 뵈고
아들 밥을 먹으야지요
아들이 셋이믄 뭐하구 열이믄 뭐하겄어
지에미가 죽었대두 코빼기두 안 비치는 것들을
진자리 마른자리 갈아 뉘어가며 키웠으니

그랴 죽을 날 잡아 논 귀신들끼리
술이나 한잔 먹고 가자
버스 시간 아직 남았으니께
아따, 성님두 마스크 쓰구 댕겨야지
요샌 어딜 가두 마스크 안 쓰구 댕기면 안 들여보낸답니
다
마스크 안 쓰면 저승서두 안 받을랑가 모르겄네

어쩌다 이런 세상을

어쩌다 이런 세상을 다 만나서
밭에 나가는디두
마스크를 다 쓰라구 허는 겨
밭 매러 나가는디두 마스크를 쓰구 나가네
허따야 오래 살겠네
호강에 요강을 하구 벽에 칠갑할 때까지 살겠네
니얄모레가 저승일지 대문 밖이 저승일지도 모르는디
어쩌다 우리가 이런 세상을 만나서
육시랄누무 거 마스크 쓰구 할라니께
위에서는 쏟아 붓지 밑에서는 올라오지
그렇잖아두 숨이 탁탁 맥히는디
숨이 맥혀 사람 죽겠네
기맥혀 죽지 말라고
콧구녕 두 개 뚫어 논 하늘님도 기맥혀 돌아가시겠네
오래 살다 보니께
어쩌다 이런 세상을 다 만나서
경로당이구 회관이구 다 문 닫구
콧구녕이구 입구녕이구 다 맥혔으니
그렇잖아두 속 터져 죽겠는디
이 영감쟁이는 왜 아직도 안 기어나오는 겨

백百

나이는 먹어가지고 자꾸 까막까막하니
금방 보고도 돌아서면
자꾸 잊어버린다는 한말댁은
노상 얼렁얼렁 가야지를 입에 달고 살지만은
아직도 새치 하나 없이 검은 머리 쪽지고
그 정신에도 텃밭에 나물 솎으러 나갈 때는
꼭꼭 마스크 여미어 쓰고 다니시지요

아흔이 넘고부터는 나이 세는 것도 잊어버려서
호적 나이로는 이제 아흔여섯이지만
아버지가 호적에 늦게 올려서 네 살이나 늦춰졌다고
귀는 좀 먹었지만 아직도 정정해서
혼자 손빨래 해 입고 된밥 먹고 사시지요
시집왔을 적 무슨 여자가 저리 키도 크고 기골이 장대하
냐고
신랑 될 이가 얼굴도 안 보고 돌아선 게 평생에 한이지
만

백 살이 가까우니 저승차사도 안 돌아보는가
이제 귀신이 다 되었으니 뭐 무서울 것도 없고
슬하에 자녀들도 없으니 속 끓일 일도 없다지만

그래도 꼭꼭 마스크 챙겨 쓰며

나는 곧 죽어도 괜찮지만

남한테 폐 끼치면 안 된다고 하시지요

낮술

대낮부터 어디서 처먹구 와서 행패여 행패가
처먹었으면 입으로 처먹었지
뒷구녕으로 처먹었나
왜 여기 와서 지랄이여
이 시국에 마스크두 안 쓰구 와서
이 시국이구 저 시국이구 간에
일이 없다구 저렇게 대낮부터 먹구 돌아댕기니
핑계 대기는 좋으네
남들이 들으면 그전에는 일 엄청 하구 돌아 댕긴 줄 알
겠네
추우면 추워서 안 나가구 더우면 덥다구 핑계 대구
아이구 그렇잖아두 하기 싫은 일
이젠 아예 없으니 오죽 좋아
아, 처먹었으면 집구석 들어가서 자빠져 자든가
시국이 좋으니 저런 인사가 대낮부터 저 모냥으로 댕기
지
그전 같으면 어림두 없지
어여, 집구석에 안 기어들어가
그렇잖아두 장사가 안 돼 죽겠는디
돈 좀 내놓으라고 저 지랄을 해대니
아, 마스크나 좀 쓰구 돌아댕겨

이 시국에 마스크 안 쓰구 댕기믄

워디 가서 두 사람 취급 못 받는다니께

지금은 온라인 수업 중입니다

수민아, 선생님 만나는데
세수는 좀 하고 만나자
눈곱 떨어져 발등 찍을라

놀래라 하늘아,
대체 뭘 먹고 잔 거니
화면에 얼굴이 꽉 찬다 좀 떨어져 앉아

누리는 왜 아직 등장을 안 하시는지 여쭈옵니다
지금 공포영화 찍는 거니
머리는 산발을 해가지고, 무서워라

다인아, 댕댕이들 밥 좀 주고 와라
밥 달라고 짖어대며 아우성이잖아
수업 시간에 개들이 들어오면 안 되지

열음아, 지금 거기 있니
접속만 해 놓고 어디 가 계시는지
투명인간이니? 유령이니?

하은아, 정국이로 빙의한 거니

BTS까지 내 수업을 들으러 오다니

이제야 세상이 선생님의 진가를 알아주는구나

친구 A의 희망퇴직

고등학교 동기동창인 친구 A는 호텔리어로 20년 넘게 근무했다. 지방대를 나와서 서울의 사립대에 편입했고 호텔경영과 관련된 대학원도 마쳤다. 서울시청 앞 호텔에 근무를 해서 우리 가족들이나 친구들이 서울에 갈 일이 있으면 자고 갈 수 있게 해 주었다. 시골뜨기인 우린 말로만 듣던 호텔 뷔페란 걸 먹어 볼 수 있었으며 각 나라에서 온 외국인들이 저마다 자기 나라 말로 지껄이는 소리가 들리는 엘리베이터를 타고 20층이 넘는 객실로 올라가며 바야흐로 국제적으로 노는구나 하는 허영심에 들뜨기도 했다. 내 아이들이 제법 자라 서울 구경을 할 때도 A 덕분에 우린 호텔을 반값도 안 되는 가격에 묵을 수 있었으며 과일 바구니나 커피를 선물로 받기도 했다. 아이들 방학 때마다 우리 가족은 호캉스를 즐겼고 명동이나 북촌, 광장 시장이며 종로 광화문 거리를 구경하는 일이 연례행사이자 큰 기쁨이었다. 그럴 때마다 A는 불편한 기색도 없이 흔쾌히 예약을 해 주었으며 근처의 맛집이며 놀거리 정보를 찾아주었고 우리 가족들이 불편함 없이 즐겁게 묵고 갈 수 있게 해 주었다. 우린 마치 서울에 든든한 빽이라도 있는 양 서울 거리를 활보했으며 큰소리로 웃었고 뿌듯해했다. A는 또 모임에서 다달이 모은 회비로 해외여행을 갈 때도 싼 가격으로 주선해서 일본이며 베트남, 태국 등지를 가이드 노릇까지 하며 우릴 데리고 다녔다. A는 우리에게 든든한 형이었고 믿음직한 가이드였다. 시골 쥐처럼 우린 A의 뒤를 졸래졸래 따라다녔고 눈알만 뎅굴뎅굴 굴리면서 A가 현지인과 영어나 일본어로 유창하게 대화하는 걸 보면서 속으로 부러워하기도 하고 내심 자랑스러워하기도 했다.

코로나가 발생했다는 소리가 들리고 얼마쯤 됐을까 A가 근무하는 호텔에 확진자가 다녀갔다는 뉴스가 들렸다. 당시만 해도 희귀하고 놀라운 일이라 전화를 했더니 호텔 곳곳에 방역 요원들이 나와서 소독하고 투숙객들을 다른 곳으로 보내고 직원들은 자가격리 통보가 떴다며 14일간 집 밖으로 나오면 안 된다고 했다. 난생처음 듣는 이야기고 처음 보는 광경들인지라 신기해서 2주 동안 푹 쉬면서 재충전하라고 했더니 그냥 웃기만 했다. 그렇게 답답한 자가격리가 끝나고 호텔로 출근을 했더니 할 일이 없다고 했다. 나라마다 모두 빗장을 걸고 자국민이나 외국인이나 마음대로 드나들지 못하게 하니 호텔업계나 여행사들은 개점 휴업 상태라고 했다. 더구나 코로나 환자가 발생한 호텔이라는 소문이 나면서 더더욱 외국인 관광객들도 뚝 끊기고 내국인들도 투숙을 꺼린다는 거였다. 그러더니 급기야는 돌아가면서 휴직을 실시한다고 했다. 호텔 일이라는 게 제복 입고 근무하니 겉보기야 좋지만 안으로 골병이 드는 일이라 이 기회에 좀 푹 쉬어 보겠구나 하면서도 내심으로는 무슨 이런 말도 안 되는 일이 있나 싶었다. 거의 1년을 그런 상태로 쉬었나 보다. 그동안에 A는 제빵이나 제과를 배우러 다닌다거나 한식조리사 자격증을 딴다거나 하면서 허투루 시간을 보내지 않았다. 그러면서 홀어머니가 시골에 혼자 살고 계시니 틈틈이 내려와 어머니 일을 도와드리고 갔다. 어머니 걱정하신다고 나에게나 다른 친구들에게나 일체 자기 얘기는 하지 말라며 신신당부를 하고 갔다. 그러다 복직 통보가 왔다고 했다. 복직을 하고 보니 코로나가 장기화되면서 출근을 해도 딱히 하릴없이 시간을 보내기가 미안하다고 했다. 국내외 관광객들이 모두 끊기고 호텔에서 하던 각종 행사도 취소되거나 연기되면서 개점휴업 상태라 월급 받기도 미안하다고 했다. 나는 그래도 코로나 시국에 다시 직장을 다니는 게 어디냐 눈치 보여도 참고 꿋꿋이 다니라고 말했다. 저나 나나 쉰흔이 넘은 나이이고 아이들도 이제 한참 돈이 들어갈 때라 참고 기다리면 곧 나아지겠지 했다. 하지만 코로나는 쉽게 잦아들지 않고 2차 3차 유행을 하면서 점점 더 여행 및 관광업계를 쑥대밭으로 만들었다. 유수의 여행사들이 문을 닫거나 희망퇴직을 실시하면서 A가 일하는 호텔에서도 희망퇴직 신청을 받는다고 했다. 관리자 격인 A는 대상에는 포함되지 않았지만 같이 일하던 직원들이 퇴사하는 걸 생각만 해도 마음 아프다고 했다. 그래도 어쩌느냐 나부터 살고 봐야지 하는 말을 나는 위로랍시고 했다. 그러다 희망퇴직을 신청하는 직원이 너무 없어서 권고사직을 권유하는 지경에 이르렀다는 말이 들리고 얼마 지나지 않아 A가 희망퇴직을 했다는 소식이 들렸다. 이제 쉰이 넘은 나이에 직장을 관두면 어떻게 할 거냐며 당장 전화를 했지만 전화 연결이 일주일 넘게 되지 않았다.

　한 달쯤 뒤 A에게 연락이 왔다. 마음도 심란하고 여러 가지 생각할 것들이 있어서 전화를 꺼 두었다고 했다. 왜 조금만 더 참고 다니지 그랬냐는 말에 A가 말했다. 희망퇴직 신청을 받았으나 신청하는 사람이 거의 없어서 위에서 살생부를 작성하라는 지시가 있었단다. 며칠을 두고 생각을 해 보았지만 차마 동료들의 이름을 못 쓰겠더란다. 어찌 동료들의 이름을 제 한 몸 부지하자고 적겠느냐며 차라리 자기가 희망퇴직원을 냈다고 했다. 얼마나 마음고생이 심했을까 생각하니 나까지 마음이 아려 왔다. 잘했다고 했다. 뭐 한들 못 먹고 살겠느냐고 했지만 속으로는 차마 그럴 수가 없었다. 휴학하고 군대에 간 아들과 재수하고 있는 딸의 얼굴과 노모의 얼굴들이 지나갔다. 밝은 목소리였지만 속으로 꾹꾹 눌러 참는 듯한 말에서 깊은 한숨이 새어 나왔다. 이 기회에 그동안 쉬지 못한 거 푹 쉬고 놀러 다니고 싶은 데도 마음껏 다녀 보고 재충전 기회로 삼아라. 뭐 살다 보면 더한 일도 있는데 액땜했다 생각해라 등등의 말을 했지만 저나 나나 뾰족한 수가 있는 건 아니었다. 쉰둘이나 셋은 참 애매한 나이다. 어디 새로 취업을 하기도 그렇고 치킨집이나 식당을 해 보는 것도 그렇다. 평생 해 온 일에서 떨려난 마음을 헤아리기 어려웠지만 퇴직을 결정하기까지 친구의 마음고생이 어땠을까 짐작이 갔다. 어렵게 자라 스스로 제 몸을 일으켜 세우기까지 고생은 내가 더 잘 알지만 그 순간에 어른거렸을 처자식의 얼굴을 생각하니 코끝이 찡해 왔다. 그래도 함께 고생하며 일한 동료들의 명단을 적어내라고 한 회사의 처사는 참 못된 짓 아닌가. 어느 회사에서는 사장이 사재를 털어서까지 모든 직원들을 다 안고 간다는데 그러지는 못할망정 수족처럼 부려먹던 직원들을 한 번에 내치는 몰인정함에 치가 떨려 왔다. 동료들의 이름을 차마 적어내지 못한 A의 그 귀한 마음을 어렴풋이 짐작한다. 동료들이나 A나 다 한 집안의 가장이고 누군가의 귀한 자식들이다. 그 순간에 손보다는 마음이 떨려 왔을 내 친구의 결정에 나는 동조한다. 퇴직 후 A는 처남이 하는 페인트 일을 하러 다닌다. 육체노동이 익지 않아 몸은 힘들지만 차라리 마음은 편안하단다. 회사를 계속 다녔다면 이렇게 마음이 편안했을까 하며 웃지만 수척해진 얼굴을 보면 가슴이 많이 아프다. 가장 어렵고 힘든 시기를 지나고 있을 내 친구 A가 나는 자랑스럽다. 그렇잖아도 각박하고 다들 살기 어렵다고 아우성인데 코로나 사태까지 터져서 옥죄어 오는 때에 동료들 대신 희생한 A의 숭고한 마음. 이러한 고귀하고 따스한 마음들이 모이고 모인다면 코로나 아니라 더 어려운 것들도 이겨낼 수 있지 않을까 싶다.

이종형

시
떠나고 남은 것들
대설주의보
문학관 옆 깊은 계곡
동지
어떤 하루

산문
숲의 재발견, 머체왓

제주에서 태어나 2004년《제주작가》로 등단했다.
시집『꽃보다 먼저 다녀간 이름들』이 있고,
2018년 5·18 문학상을 수상했다.

떠나고 남은 것들

서른 해는 족히 묵었을 옷장을 풀어헤치니
유행 지난 옷가지 속에 숨었던
젊은 날들의 몸이 와르르 쏟아져 나온다

희망과 절망이 자주 교차했던 시절
서두르지 않으면 놓칠 것 같은 꿈들은 왜 그리 많았는지
불안에 떨던 날들의 증거물처럼
눈 앞에 펼쳐진 측은한 허물 앞에서
후회와 반성이 반반 그러면서
남아 있는 시간은 어느 만큼일지 잠시 생각에 잠긴다

잎새 다 떨궈 몸 가벼이 비운 겨울나무처럼
이쯤이면 속이고 감출 것도 없으니
버리다 남길 옷가지 몇 벌이면
돌아오는 봄을 맞이하기엔 충분할 것 같은데

차곡차곡 접혀 종이박스에 담기는
한때 젊었던 몸이
부디 쓸모없는 것만은 아니었기를
너를 떠나보내고도 부디
더는 쓸쓸해지지는 않기를

대설주의보

사흘 눈이 내렸고
나흘 갇혀 지냈다

발을 버리고 바퀴에 의지한 지 오래라
굵은 쇠사슬 없이는 꼼짝하지 못했다

해가 바뀌었다지만
마스크 낀 얼굴들을 분간할 수 없는
바깥세계는 여전히 그대로일 것이므로
궁금한 것이 하나도 없어서 마음이 놓였다
폭설을 핑계 삼아
모든 약속은 뒤로 미루기만 하면 충분했으므로
그것도 안심이 되었다

저 눈길을 헤치고
점집에 다녀온다던 애인은
어떤 점괘를 받고 돌아왔을까
궁금한 것은 그것 하나뿐이었다

사흘 눈이 내리고
나흘을 기쁘게 갇혀 있는 동안

문학관 옆 깊은 계곡

먼 산에 눈이 자주 내려 쌓였다 녹는 동안
도심지를 관통하고 지나가는
마른 계곡에 겨울 내내 물이 흘러내리자
사람의 발길은 닿지 않는 적당한 위치에
깊은 연못이 하나 생겼다

그 푸른 수면 위
노랗고 붉은 깃털이 선명한
원앙들 대여섯 가족이 찾아와
눈부시게 첨벙대며 논다
저 아이들은 어느 밤에 이 도시의 계곡까지
들키지 않고 날아와
겨울을 나고 있었던 것일까

이 골짜기의 종착점은 바다
수평선 위엔 작은 바위섬 하나 떠 있을 뿐
먼 바다를 건너온 여린 날갯짓을 보니
얼어붙은 길 위에서 잠시 멈춰서는 이 겨울도
저들이 떠나고 없을 계절의 그림자로 녹아
끝내 흔적이 사라질 거라는 생각

저 단란한 부족의 은밀한

월동지대를 지켜보면

다시 세상은 아무 일도 없었다는 듯 잘 회복될 거라는

어떤 믿음 하나쯤 떠올리게 하는

찬란한 풍경이

문학관 옆, 깊은 계곡에 숨어 있다

동지冬至

귀성 차편 예매가 시작됐다는 뉴스가 뜨면

돌아갈 곳이 있다는 사람들이 부러운 며칠이 있었다

티브이 화면 속 명절 연휴 귀성길 고속도로 정체를 보면서

나를 기다려 주는 누군가가 있다면 반나절 고행쯤이야 어떠랴 싶어

고속도로 정체 속으로 기꺼이 빠져들고 싶기도 했다

사나흘 전부터 고향 찾을 식솔들을 생각하며

종종걸음치는 늙은 어머니들의 굽은 허리를 보면

마치 내 모친인 양 찔끔 눈물이 났고

화면 속 가족들 발자국을 따라 시골집 대문 안으로 성큼 들어서고 싶었던 적이

한두 번이 아니었다

아들과 딸에게는 애써 입도1대入道一代라고 설명했으나

곰곰 생각해 보면 사연은 있으되 근본은 없는 한 생이었다

나 같은 쓸쓸함은 대물림하지 말자 다짐했으면서도

이 무렵엔 속절없이 무너져 내리는 날이 하루쯤 있다

동짓날 밤,
팥죽 대신 소주 한 병 마시고
밤이 늦었음에도 아들 사는 집에 찾아가
잠든 손주들 얼굴을 보고 돌아왔다

대신 울어 줄 사람이 없어서 서글프다는 생각을 잠시 했
던 탓이었다.

어떤 하루

기억을 다 하지 못해서 그렇지
살아오는 동안 눈을 뜨기 싫은 아침이 오늘뿐이었겠나
하지만 그때마다 어떻게든 마음을 추스르며 다시 일어
섰겠지
견뎌야 할 일이 만만치 않겠구나 싶지만 그건 나중에 겪
을 일
오늘은 동문시장 건너 아주반점 짜장면 곱빼기나 한 그
릇 비우면
기운을 차릴 수 있을 것 같았다

하고많은 음식 중에 왜 짜장면이 떠올랐을까
하지만 나는 퇴근길 혼잡한 도로를 헤집고 달리며
오로지 짜장면에 집중했다

생각해 보면
이것은 결코 변하지 않는 작은 위로
열두 살 때 처음 맛본 후 반세기가 지나가도록
얼마나 많은 허기를 채워 주었던 동반자였나

전염병이 가라앉지 않아 한산한 홀의 구석 테이블에 자
리 잡아

양파 한 조각으로 오늘 아침의 씁쓸함을 씻어내는 사이
모락모락 김을 내는 짜장면 곱빼기가 앞에 놓이고
면과 면에 짜장이 고루 비벼지도록 집중하는 동안
어떤 패배감은 잠시 잊는다

변하는 것만큼 변하지 않는 것도 있다는 걸 증명이라도 하듯
이 오래된 단골집이 올해로 환갑을 맞았다는 귀띔을 받고
식당을 빠져나오다
변함없는 옛 친구를 향해 가만히 목례를 한 번 하고 나니
사는 게 이처럼 별게 아니라는 생각
잠시 기우뚱거린 세상도 어떻게든 균형을 맞추리라는 생각
집으로 돌아가는 길은 조금 더뎌도 용서가 되겠다는 생각

숲의 재발견, 머체왓

해가 두 번 바뀌는 동안 예측들은 여지없이 빗나갔다. 답답하게만 여겨졌던 마스크와의 동거도 어느덧 익숙한 일상이 되었다. 팬데믹 상황이 이어지면서 움직일 수 있는 일상의 반경은 축소되었고 삶의 풍경들도 생경하게 바뀌었다. 몸이 느끼는 감각이상은 정신적 위축과 맞물려 사람과 사람 사이의 교감과 소통의 방식조차 이전과는 다르게 변화되어 갔다. 한 번도 겪어 보지 못한 감정적 혼란이자 충격이었다. 대면과 접촉을 가급적 줄여야 하는 상황이 이어지면서 사람들은 도시라는 밀집된 공간을 벗어나고자 하는 욕망에 사로잡혔다. 삶의 균형을 바로 잡고 싶은 당연한 욕구이자 해결책이기도 했다. 우리는 다시 이전으로 돌아갈 수는 있을 것인가. 그 해답이 여전히 선명하게 떠오르지 않는 시간이 계속되고 있다.

이 혼란의 나날 속에서 내가 얻은 소득이 하나 있다면 그것은 내가 사는 땅, 제주섬을 다시 차분히 돌아볼 수 있었던 시간이었다.

어떤 깨달음이나 특별한 각오 같은 것이 있었던 것은 아니다. 전 국민의 탈출구이자 해방구로 변한 제주 속의 번잡함을 피하는 방법을 찾다가 얻은 처방전 같은 것이라 할까.

잘 알려졌다시피 지난 2년간 제주는 코로나 상황 속에서의 우울함과 갑갑함을 잠시나마 잊게 해 주는 도피처에 다름 아니었다. 작년 한 해만도 제주를 찾은 관광객이 대략 1,300만. 최소 2박 3일의 관광일정을 감안하면 하루에 10만이 넘는 유동인구가 70만의 상주인구에 보태어져 섬의 유명관광지는 물론 바다와 오름 곳곳이 북적거리다 못해 사람사태가 날 지경이었다. 어쩌다 야외나들이라도 하는 날, 길들이 자주 막히고 점점 혼잡해졌다. 이쯤 되자 섬의 토박이들은 어느덧 허 번호판이 붙은 렌트카가 몰리는 장소들은 알아서 피하기 시작했는데 그건 섬사람들에게는 어떤 난감함마저 느끼게 하는 또 하나의 충격이었다. 오죽했으면 당분간 관광객들을 입도 금지시켜야 한다는 다소 과격한 목소리까지 나왔을까. 섬의 곳곳이 천만이 넘는 관광객의 발길에 점령당하는 지경에 이르자 도민들은 어디를 가야 인적이 뜸한 여유로움을 맛볼 수 있을지 입에서 입으로 수소문하기에 이르렀다. 코로나 시국이 빚어낸 웃픈 현상이었다고나 할까.

　머체왓은 이런 와중에 가까운 후배로부터 추천받은 지명이었다. 내게는 서귀포를 오가는 길에 차를 타고 스쳐 지나가기만 했던 낯익은 지명이었으나 정작 그 숲에 들어 본 적은 없는 미지의 공간이기도 했다. 머체왓은 제주 동남쪽, 남원읍 한남리 마을 공동목장에 속한 너른 들판과 계곡이 어우러진 아름다운 숲이다. 한남리 마을 전체 면적의 72%가 초원지대다 보니 예로부터 목축에 적합해서 목마장이

조성되고 번성했던 전형적 중산간 지대로서의 원형이 잘 보존되어 있는 공간으로 그 가치를 더 하고 있다.

머체왓은 한라산 중턱까지 넓게 펼쳐진 들판을 머체오름, 고리오름, 넙거리오름, 사려니오름 등이 둥글게 감싸 안은 지형적 이점을 십분 활용하여 마소를 방목하는 목장지대로는 더 없는 안성맞춤인 초원지대이다. 이쯤 되면 짐작하겠지만 머체왓은 이 숲 가까이 있는 머체오름에서 따온 지명이다. 머체란 제주어로 제주가 화산활동을 하던 시기 지하에서 형성된 용암바위들이 시간이 흐르며 지상으로 모습을 드러낸 것을 이르는 말이며, 또한 무더기를 이룬 돌들이 많은 지형이라는 의미도 있는데 이 일대에서는 크고 작은 머체에 뿌리를 내린 나무들이 처음부터 한 몸이었던 것처럼 서로 단단히 얽혀 연리지가 아니라 연리목석의 형상들을 이룬 자연의 신비함을 어렵지 않게 목격할 수 있다.

머체왓을 처음 찾은 것은 작년 이른 봄이었다. 계절 탓이었을까. 그날따라 인적이 거의 없는 초원은 아직 미처 방향을 바꾸지 못한 북서 계절풍이 불어 꽤 쌀쌀했다. 넓은 들판을 마스크 없이 혼자 걸으며 느끼는 해방감 앞에서 잠깐 동안의 추위는 아무것도 아니었다.

그날 이후 머체왓은 계절이 바뀔 때마다 찾아가는 나의 순례지가 됐다.

지난가을, 머체왓 넓은 들판을 가득 채운 수천 송이 수레국화의 고운 빛깔들이 아직도 눈에 선하다. 자연은 굳이

인간이 손을 대어 가꾸지 않고 있는 그대로 내버려 두기만 해도 큰 감동과 기쁨을 준다는 것을 새삼 체감했던 시간이었다.

서중천 계곡 숲길, 동행했던 일행이 쉬잇 하고 입술 위에 손가락을 신호를 보낸 후 숲의 풍경을 동영상으로 담기 시작했다. 그 몇 분의 순간 동안 나도 잠시 호흡을 고르고 눈을 감았다. 나뭇잎 팔랑거리며 계곡 물가에 떨어지는 소리, 새들 지저귀는 소리, 그리고 바람이 부드럽게 숲의 생명들을 쓰다듬고 지나가는 소리가 들렸다.

그리고 그건 고요였다. 소리들이 있으되 고요하다는 것. 고요는 인간이 만들어낼 수 있는 단순한 소리 없음이 아니라 숲이 관장하는 치유의 능력이었다. 한 계절이 지나는 동안 쌓였던 팬데믹의 부피와 무게가 말끔히 씻기는 순간이었다.

어쩌면 이 팬데믹의 시대는 분주하기만 했던 발걸음을 잠시 멈추고, 숨을 가다듬으며 우리가 사는 세상을 다시 한번 찬찬이 둘러보라고 부여한 인저리 타임은 아닐까.

그것이 알고 싶은 이들이라면 머체왓으로 오시라. 스쳐 지나가는 빠른 걸음이 아니라 느리게, 아주 느릿하게 서너 시간을 초원과 계곡에 들어 숲이 되고 싶은 이들만 오시라.

천수호

시
호리병벌
좀비의 집
납골당
현미경
가로등과 계요등

산문
격리가 부른 코로나 우울

경북 경산에서 태어나
2003년 조선일보 신춘문예로 등단했다.
시집『아주 붉은 현기증』,『우울은 허밍』,
『수건은 젖고 댄서는 마른다』가 있다.

호리병벌

호리병벌이라는 이름은 몸매가 호리병 같아서 생겼다고도 하고 호리병 모양의 집을 지어서 그렇다는 설이 있다. 사냥벌의 일종으로, 흙을 이용해 집을 지어 둔 다음 나비나 나방의 애벌레를 사냥해 마취해서 집어넣고 거기에 알을 낳고 밀봉하고 떠난다.*

나는 밀봉된 채로 밥을 끓이고 김치를 썰고 잠만 자는 아이를 간혹 깨운다 손을 쓸 수도 입을 열 수도 없게 우리는 자가 격리 중이므로 너무 조용한 아이의 벽만 자주 두드린다 아이는 투명한 알의 형태로 매트리스에 붙어 도무지 떨어지지 않는다 언제 저 알에서 깨어날까 휘청거리는 꼬챙이 끝에 매달린 흙집의 컴컴한 방문을 또 한 번 흔든다 괜찮니? 뜨겁진 않니? 안부처럼 벽면만 손톱 끝으로 찌른다 도무지 자국이 생기지 않는 딱딱한 집, 거짓말같이 상자들이 가끔 초인종을 누른다 방과 방 사이에 벽을 두고 발도 묶고 입도 막은 알의 생존 규칙, 이것은 벌이 만든 법이다 어떤 헛된 짓들을 침으로 콕콕 찔러 가며 쓴 법전이다 구멍이 뚫리면 이 집은 안전하지 않다 나는 가장 나중에 뜯어 먹히기 위해 죽지 않고 신선도를 유지한다

*나무위키에서 인용

좀비의 집

검은 창 너머로

불빛이 몇 개 어른거린다

걱정을 두고 떠난

그의 집이 창 너머에 있다

불꽃을 달래며 떠나가는 풍등처럼

그는 몇 번씩 손을 닦으며 공손하게 따라갔는데

확진자라는 민폐주민의 모자를 썼다

아무도 다가갈 수 없게

따가운 시선을 그으며 그는 가고

건너편 불빛만 까만 창에 반사된다

자주 건너다보게 되는

좀비의 세상은 그냥 어룽어룽

생각도 없어지고

위협도 없어져서

매일의 그날처럼 사람 그림자가 움직인다

검은 창에 걸린 외투가

반사된 불빛을 심장쯤에 품었을까

그의 집은 심장도 없이 빈 채로

그를 좀비로 만들어 놓고

건너다보는 이들까지 좀비로 만들면서

빈집이다

뿔뿔이 다 어디로 갔나
이제 좀 그만했으면 좋겠다
좀비에게 던지는 이 말만
그 집 쪽으로 날아가다 사라진다

납골당

집을 지었다
기초를 다지지 못한 집
불현듯 건물이 올라갈 동안 담쟁이 넝쿨만 걷어냈다
창을 다는 데 긴 시간이 필요하겠지만
당신이 창 앞에 있었으므로
더 이상 가릴 게 없다
서까래가 없는 집
지붕도 없는 집
유리에 결로가 맺히는 집
다시 갈아엎고 싶은 축대 위로 까마귀가 난다
아무도 오지 않게 검은 벽으로 칠을 했지만
방 안에 득실거리는 이웃들
사랑을 가라앉힐 수 없게 기침이 난다
몸이 뜨겁다
세균이 없는 사랑은
병명만 사는 어둠 속에 굳어 있다

현미경
—바이러스가 훑고 지나가는 것들

미끄러져 간다 스쳐 흘러간다 나는 돌이 아니다
시험지도 아니다 머리카락도 아니다 더듬지 마라

돌을 던지고 시험지를 두드리고 머리카락을 잡아당기
며
미끄러진다 그물망을 빠져나간다 낮게 나는 새도 아니
다
손이 보인다 뻗는다 잡고 꼬집고 끌어당긴다

부리는 졸고 눈동자는 노랗고 어깻죽지가 굳는 것은
마지막 새가 가지는 증상이므로
처음의 새를 기다리는 동안 이상하게도
기록하는 숫자는 점점 커진다

수數의 기록이 이야기를 만들고 이야기가 신화를 만들
때처럼
이 땅에서 일어나는 해괴한 일들

구더기로 만든 난장이들*이 서로 외면하는 지하철이라
든가
물푸레나무나 느릅나무 가지로 만든 사람들*이 돌아앉

아 밥을 먹는 식당이라든가

　　아홉 여인이 하나의 아들을 낳았다*는 한 병원의 신화
를 거쳐

　　여럿을 죽여야 드디어 내가 죽는 운명에 대해 이해하는
대목에서

　　다시 풋열을 잰다 바깥은 언제나 위험하다

　　현미경으로 들여다보면 새로운 신화가 만들어질 듯
　　바이러스의 순번 공포에 시달리며
　　다음 차례 다음 차례 또 다음 차례
　　스치며 밀리며 미끄러지며

　*북유럽신화에서 가져옴

가로등과 계요등

그 방은 불을 켜지 않아도 환했다
방범창 너머에 빛을 쏟는 가로등 하나
계요등 덩굴이 가로등을 칭칭 감고 있다

닭 오줌 냄새가 난다고
계요등이라는 이름을 달았지만
미봉의 하얀 꽃
코로나 바이러스 3D 이미지를 닮은
그 꽃에 눌려
가로등 불빛은 곧 죽을 듯이 파리하다

무성한 잎은 가로등 아래 방범창까지 휘감았다

방에 갇힌 한 사람의 낯빛처럼
불빛이 가려진 컴컴한 가로등

골목 안 사람들은 손이 쓸려 피가 나도록
심줄덩굴을 끊어내려 애쓴다
가위를 들고 깨금발을 디뎌 보는 사람
의자를 딛고 손가락으로 감아 당기는 사람
덩굴이 뜯기면서

더 지독한 냄새로 닭 오줌을 뿌린다

풀이 닭의 오줌을 누는 골목에
사람이 풀의 뿌리로 심어지기도 하는 격리의 방
그 방의 사람은 아직 넝쿨창 안에 갇혀 있고
가로등은 여전히 죽어 가고
계요등 꽃은 하나씩 더 피어나고

격리가 부른 코로나 우울

도착했다는 전화가 왔다. 그리고 이내 하얀 방호복을 입은 두 명의 소독요원이 장총을 든 병사처럼 현관문을 밀고 들어온다. 장갑, 마스크, 안경까지 착용해서 목소리만 노출된 그들이 좀은 차분한 어조로 얼른 밖으로 나가 달라고 요청한다. 아군인지 적군인지도 모르는 어떤 병사를 맞닥뜨린 것처럼 긴장과 초조의 뻣뻣해진 몸으로 9층 계단을 걸어 내려갔다.

우리는 COVID-19 감염자와의 밀접 접촉자다. 우리의 행동수칙은 무조건 사람을 만나지 않는 것, 그리고 사람을 피하는 것. 아파트 구석을 돌아 평소에는 거기 있는지도 몰랐던 벤치로 가서 쪼그리고 앉는다. 9월 중순이라 바깥에 오래 앉아 있기엔 좀 쌀쌀하다. 죄인처럼 멀리서 지나가는 사람들의 시선까지도 피했다. 그래야만 이웃에 예를 다하는 것이다. 코로나 검사에서 음성이 나오긴 했지만 감기증세가 있으니 걱정이 크다. 심장을 꺼내 대나무에 걸어 놓은 듯이 가끔씩 휘몰아치는 바람에 댓잎이 파르르 떨렸다.

1시간 반 정도 바깥에 있으라는 당부를 들었지만 두 시간이 넘도록 집으로 들어가지 못했다. 가재도구를 휩쓸고 지나갔을 소독약의 위험도를 가늠해 보는 것이다. 나오기 전에 이삿짐을 싸듯 싱크대의 식기류를 감추고 또 덮고, 웬

만한 것들은 모두 수납공간 안으로 넣는 대대적인 작업을 하긴 했지만 바이러스보다 더 강력할 수도 있는 소독약의 위험을 가만히 따져 봐야 했으니까.

조심스럽게 현관문을 밀었다. 집 안은 의외로 평화로웠다. 햇살이 거실 안쪽을 길게 찌르며 들어와 있을 뿐 어떤 동요가 지나간 흔적은 없다. 현관 입구에 미리 놓아둔 일회용 장갑을 끼고 보온병의 뜨거운 물을 마른 걸레에 적셔서 바닥을 닦으며 거실로 기어들었다. 딸도 아무 말 없이 바닥을 바쁘게 닦기 시작했다. 침대 위의 침구류들은 벗겨내어 한쪽 구석에 쌓았다. 가재도구를 다 감춘 상태라 마치 이삿짐을 꾸려 놓은 집 같았다.

딸과의 거리는 늘 2미터. 마주 보고 말을 할 수도 없다. 집 안에서도 마스크를 끼고 멀리서 대화를 나눈다. 꼼꼼하게 청소를 다 마칠 때까지 긴 시간이 흘렀고 딸은 배가 고프다며 주저앉았다. 음식을 만들 엄두가 나지 않았다. 우선 식기류를 전부 씻어야 한다는 생각이 들었으므로 배달음식으로 한 끼를 해결하기로 했다. 안방에 있는 작은 책상이 나의 식탁이고 딸아이는 주방 식탁 위에 자리를 잡고 앉았다. 족히 4미터는 될 거리, 나는 문 쪽을 바라보고 앉고 딸은 나와 직각으로 앉았다. 둘 다 이 상황이 생소했다.

매 식사가 끝나면 아이가 먼저 제 물컵과 접시들을 끓는 물에 넣고 10분 이상 끓인다. 아이가 제 방으로 들어가고 나면 그다음엔 내가 먹은 그릇을 소독하기 시작한다. 혹시 살아남을 바이러스를 박살 낼 요량으로 15분 이상 끓이다가 접시 두 개가 박살났다. 접시 가루가 냄비 안에 자박했다.

'자가격리자 안전보호 앱'을 깔았다. 이건 의무사항이다. 앱을 통해 아침저녁으로 열을 체크하고 증세가 생기는지 보고한다. 구청의 담당 공무원에게 수시로 전화가 오고 별일이 없는지 확인한다. 분리수거는 할 수가 없고 쓰레기도 배출할 수가 없다. 구청에서 준 자가격리 황색 쓰레기봉투에 넣어서 따로 모아야 한다. 무엇보다도 건강상태 체크가 밀리면 경보음이 울리거나 구청직원에게서 독촉이 온다. 현관문 밖으로 발을 내밀고 나가면 주거지 이탈이라는 경보음이 울린다. 안전보호 앱을 절대 끄지도 못한다.

확진자의 밀접접촉자는 이렇게 일상생활의 숙청 대상이다. 약간의 증세만 있어도 선별검사소를 찾아야 한다. 구청 담당자에게 보고하고 조심스럽게 현관 밖으로 나선다. 고개를 깊이 숙이고 사람을 회피한다. 검사소의 안내요원에게 딸이 뭐라 한 마디를 던지는 듯하더니 나를 향해 손짓을 한다. 긴 줄을 서지 말라는 신호다. 우리는 누군가에게 피해를 줄 수 있는 위험인물이니까, 긴 줄에서 나오게 하여 가장 앞줄에 세워 놓고 안내요원은 멀찍이 물러선다. 그들이 보기에 우리는 매설된 지뢰 같다. 어쨌든 우리는 2주간의 격리 기간 동안 코로나 검사를 다섯 번이나 했다. 목감기가 좀처럼 낫지 않으니 구청 담당직원이 수시로 불러서 검사를 시킨 탓이다.

밤 12시가 넘어서면서 창을 후려치며 큰 비가 내렸다. 여름비 같은 소나기다. 천둥이 쳤다. 겁도 없이 창문을 여니 서늘한 빗방울이 얼굴에 들이친다. 정신이 번쩍 든다. 인적이 드문 거리가 빗물로 번들거린다. 세탁물이 잔뜩 쌓여 있으니까, 그게 또 참 우울하게 한다. 하지만 다행스럽게도 격리기간 동안 소나기가 두어 번 온 후로는 빨래가 바싹 마르도록 연일 태양이 강하다. 세제가 바이러스를 처치한다고 하니 열심히 세탁하지 않을 수가 없다. 베란다에는 늘 빨래로 가득하고 문손잡이나 수도꼭지에 수시로 소독제를 뿌려댄다. 아이가 가끔 쳐다보며 말한다. "우리 지금 너무 별나게 하고 있는 거 아닐까?" 그렇지만 과한 것은 문제가 되지 않는다.

장을 보러 갈 수가 없으니 인터넷 주문을 할 수밖에 없다. 벨소리가 나면 크게 대답부터 하고 택배를 그냥 문 앞에 두고 가라고 소리 지른다. 택배기사는 빠르게 사라지고 밖은 이내 잠잠해진다. 고립, 이런 말이 참 실감난다. 그래도 혼자가 아니어서 얼마나 다행인가 싶다가도 아이가 일상을 접은 모습이 안쓰럽다. 매일 운동을 했었는데, 꼼짝할 수 없는 상황이니 더 힘들어 보였다. 어쨌든 우리는 이렇게 2주간을 불안과 불편 속에서 자가격리 생활을 했다.

바이러스는 마치 인정人情에 질투하는 것 같았다. 잡은 손을 놓게 하고 가까이서 눈빛을 나누지 못하게 한다. 한 장소에 다정히 머물지 못하게 하고 마주 앉아 속닥거리는 대화를 막는다. 집 안에서도 마스크를 착용해야 하고 식사 때도 대화를 할 수 없게 한다. 내가 피해를 보는 것보다 내가 피해를 줄까 봐 겁을 먹게 한다. 누군가를 격리하게 만들었다면 그것은 얼마나 큰 죄책감을 선물로 받을지 우리는 너무 잘 알고 있다. 그래서 나보다 남을 위해 내 몸을 걸어 잠그게 된다. 그러느라 오래 우울했고 여전히 무기력하다. 그러나 우리는 이제 종식보다 공존을, 비장함보다는 유연함을 택했다. 좀처럼 회복되지 않은 일상이지만 생활의 리듬을 되찾으며 이 환경에서도 좀 유연해질 때가 온 것 같다.

따뜻한 이불을 덮고 주무세요

2022년 5월 30일 1판 1쇄 펴냄

지은이   김남극 김미소 김성규 김안녕 김창균
         박봉희 박소란 송진권 이종형 천수호
펴낸이   김성규
편집   김은경 김도현
디자인   다랑어 스토리·걷는사람 신아영
일러스트 김혜란
펴낸곳   걷는사람
주소   서울 마포구 월드컵로16길 51 서교자이빌 304호
전화   02 323 2602
팩스   02 323 2603
등록   2016년 11월 18일 제25100-2016-000083호

         ISBN   979-11-92333-13-7   04810
         ISBN   979-11-960081-0-9   (세트)